KB269075

당신의 물고기

당신의

물고기

함정임 소설

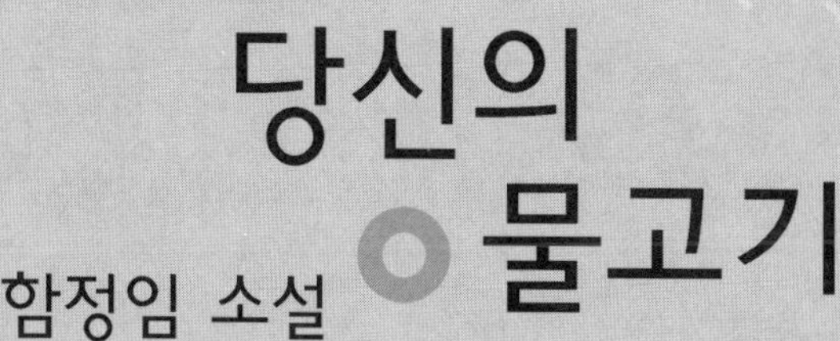

민음사

차례

골프 클럽 파티

— 달리는 여자

1

　미나가 요나, 아니 승희를 우연히 만난 건 파리 교외의 한 골프 클럽 파티에서였다. 칠 년 만이었다. 미나가 골프 클럽 파티에 갈 일은 없었다. 적어도 파리에 오기 전까지는. 파리라는 데가 재미 있는 것은 골프와 거리가 먼 사람도 가끔 골프 클럽 파티에 갈 수 있다는 점 때문이다. 그것은 베니스나 뮌헨이라도 사정은 같다. 그러나 그보다 더 재미있는 것은 거기에서 인생의 한 시기, 놓쳐버린 새의 자취처럼 아쉬움으로 남아 있는 누군가를 만날 수도 있다는 것이다. 그날의 골프 클럽 파티가 미나에게는 그랬다.

2

「골프 클럽 파티라고?」

밖에서 걸려온 은규의 전화를 받으면서도 미나는 어물쩡 핑계를 대고 아파트에 남아 있으려고 했다.

「오늘 저녁인데 내가 깜빡했어. 나 혼자 갈 수도 있지만, 드문 기횐데 어떻게들 즐기나 구경도 할 겸 네가 가 보는 것도 나쁘지 않을 것 같아서 말이야」

「그런 덴 차리고 가야 하는 것 아냐? 옷도 변변찮고 신경쓰일 것 같아」

여기는 더군다나 파리가 아닌가. 호기심이 동하지 않는 것은 아니었지만 미나는 제대로 갖추고 가지 않으면 공연히 주눅 들어 의기소침해지는 자신이 싫어 피하고만 싶었다.

「야, 여기 애들 얼마나 촌스러운 줄 아냐? 밖에서나 파리 패션 어쩌구 하지, 들여다보면 여기 애들처럼 소박하고 검소한 데도 없어. 너 파리 한두 번 와보냐? 괜한 것 신경 쓰지 말고 일곱시까지 갈 테니까 기다리고 있으라고. 알았지?」

은규는 미나의 외가 쪽 친척으로 촌수로 따지자면 아저씨뻘 되었지만 두 살밖에 터울이 지지 않고 또 같은 시기 이웃 대학에 다녔던 탓에 친구처럼 스스럼없이 지냈다. 그는 국가 대표 테니스 선수를 지냈던 전력으로 파리에 와서 체육 매니저로 정착했고, 일 년 전 관광 공사로 적을 옮기고 나서는 사교 관계나 씀씀이가 꽤 노련해져 있었다.

「그만하면 훌륭한데 뭐. 가만, 너 그러다가 오늘의 타깃이 되는 것 아냐?」

은규는 차이니즈풍 흰색 롱 원피스를 걸치고 대기중인 미나를 위아래로 훑어보고는 짐짓 바람둥이처럼 휘파람을 불었다. 은규의 여자 친구 옷장을 뒤져서 찾아낸 옷이었는데 디자인이랄 것도 없이 차이니즈식 스탠딩 칼라를 제외하고는 몇 개의 선으로 이어져 있는 게 다였다. 단순하면서 드레시한 것이 마음에 들어 입기는 했는데, 거울에 앞뒤를 비춰보면서 혹 지금 대만에 있는 은규의 여자 친구가 웨딩 드레스용으로 입었던 것은 아닐까 하는 의문이 들기도 했다. 은규가 아무 내색을 하지 않는 것으로 보아 그런 것은 아닌 모양이었다.

「오늘만큼은 마음껏 즐기라구. 골프 클럽 파티고 뭐고 너를 위한 자리라고 생각하고 말이야」

클럽에 다다라 좌석 벨트를 끄르면서 은규가 당부하듯

미나에게 한 마디 덧붙였다. 골프 클럽은 은규의 아파트에서 자동차로 삼십 분 거리에 있었다. 세느 강변로를 타고 내려가다가 빌리에 쇠르 마른느라고 표시된 출구로 나와서 한 오 분쯤 달리니 드넓은 초원가에 단층짜리 클럽 건물이 나왔다.

「알았지?」

은규는 클럽 안으로 미나를 데리고 들어가면서 거듭 다짐을 두었다. 클럽 건물 지붕 너머로 어둠이 내리고 있었고 어둠 높은 곳에 드문드문 별이 솟고 있었다. 입구에 웬 아이들이 나와 있었다. 파티에 온 가족인 모양이었다. 축제의 아이들처럼 얼굴들이 상기되어 있었고, 안쪽에서 들려오는 신나는 스윙 재즈 선율이 분위기를 고조시켰다. 은규는 그들과 동족처럼 껴안고 볼키스를 했다. 그들의 친밀함 속에 미나도 덩달아 어색함을 누르고 섞여들었다.

「저는 이 클럽의 회장인 벵상 파스키에입니다. 우리 회원과 가족 여러분들을 진심으로 환영합니다」

미나가 앉은 테이블은 모두 열두 명이었고, 프랑스인으로 채워진 다른 테이블에 비해 구성원이 국제적이었다. 미나의 양옆에는 폴란드인과 아일랜드인이 앉았고, 대각선으로 맞은편에는 클럽 캡틴인 프랑스인이 앉았다. 붉은 폴로 셔츠를 입은 캡틴은 사십대 초반으로 보였고 웃을 때 느끼한 것 이외에 전체적으로 넉넉한 성품의 소유자 같았다. 캡틴이 자기를 소개하고 나자 오른쪽으로 돌아가면서 국적과 이름, 직업, 취미 등 간단한 자기 소개를 했다. 사업가, 엔지니어, 교수, 다국적 기업의 매니저 등 국적만큼이나 직업이 다양했다. 통용어는 영어와 불어였다. 미나는 거의 입을 열지 않았고, 물어오는 말에는 핵심어로만 간단히 응답했다. 상대방의 말이 길어지면 최대한 그의 말을 경청하는 예의를 보였고, 가끔 웃어주었다. 캡틴의 오른쪽이 비어 있었다. 빈 의자의 파트너인 영국인이 자기 소개를 마치며 의자 주인이 곧 올 거라고 말했다. 영국인의 이름은 새뮤얼이었다.

「오늘의 요리는 여기 지오반니 씨네가 제공한 파스타입니다. 알프스 산록에서 짜낸 우유로 만든 치즈 맛을 즐겨보시기 바랍니다」

메인 디쉬가 나오자 캡틴이 지오반니 씨를 일으켜 세우며 손을 들어올렸다. 눈도 코도 얼굴형도 동글동글하게 생긴 지오반니 씨가 만면에 웃음을 띄우며 고개 숙여 답례를 했다. 여느 테이블보다 활기가 넘쳤고, 모두 파리의 이방인들로 골프를 통해 소속감이 필요한 사람들인 만큼 서로에게 호기심을 표했다. 식사가 끝나갈 즈음 홀에서 춤이 시작되었고 그때까지도 영국인의 옆 자리는 비어 있었다.

「아하, 은규 동생분이시라구요? 아가씨!」

아일랜드인에게 귀를 내주고 있던 미나는 아가씨라는 말에 당황해 춤을 신청하는 캡틴의 손을 벌레 치듯 밀치고 말았다.

「전 아가씨가 아닌데요?」

함께 따라와 옆에 웃고 서 있던 은규의 얼굴에서 웃음이 가시는 것을 보고 미나는 자신이 실수한 것을 깨달았다. 상대방에게 무안을 주면서까지 자신이 결혼한 여자임을 알릴 필요는 없었다. 미나는 무엇을 말하려고 했는가. 여기까지 와서 결혼은 했으되 혼자된 여자라고 말하고 싶었는가. 미망인이라는 말을 하고 싶었던 것인가. 미나는 뜻하지 않게 분위기를 망친 것이 미안했고 미안해해야 하는 자신이 마음에 들지 않아 언짢았다. 처음부터 이럴 생각은 아니었다. 은규도 모처럼 미나에게 기분전환을 시켜주기 위해 파티에 초대했고, 미나도 오랜만에 마음껏 즐겨볼 생각이었다. 그러나 처음 캡틴이 테이블에 나타나자 은규가 그도 〈싱글〉이라고 귀뜸해 준 것이 미나의 마음에 가시로 얹혔고 그때부터 미나의 몸은 석고처럼 경직되기 시작했다. 미나는 어떠한 분위기에도 동요할 수 없을 것이란 사실을 너무도 잘 알았다. 일찍 파티를 떠나든지 가면을 쓰고 연기를 하지 않으면 안 되었다.

「제 새로운 파트너랍니다. 하하」

캡틴이 내민 손을 어쩌지 못하고 있자 아일랜드인이 오른쪽 팔로 미나의 어깨를 감싸며 조크를 했다. 미나는 아일랜드인의 조크에도 동의하지 못한 채 얼떨결에 캡틴의 손을 잡았다.

3

홀의 중앙, 샹들리에 아래에 이르자 캡틴의 붉은 셔츠가 맨드라미처럼 더욱 붉게 빛났다. 미나는 그의 셔츠가 붉게 도드라질수록 외로움을 느꼈다. 그가 이끄는 대로 몸을 맡기면서도 무엇인가 어긋나고 있다는 생각을 떨쳐버릴 수가 없었다. 빌려 입은 차이니즈 원피스와 한물 간 80년대의 록 음악과 붉은 셔츠의 40대 독신 남자……무슨 조홧속일까. 미나는 춤이라면 음악이 계속되는 한 그칠 줄 모르던 예전의 자신이 낯설게까지 느껴졌다. 음악이 흐르면 가슴이 두근거리고 갇혀 있던 신경들이 모두 팽창되면서 춤에 대한 욕망을 제지하지 못해 무대 한 가운데로 뛰쳐나가 언제까지고 리듬에 몸을 내맡기던 여자가 자기 자신이었나 싶었다.

「미나 씨, 어깨 힘을 빼요」

시끄럽고 질이 좋지 않은 사운드 때문에 캡틴의 말이 귀에 들어오지 않았다. 언뜻언뜻 카운터에서 사람들과 이야기중인 은규와 눈이 마주쳤다. 은규가 몸을 풀라는 듯이 리드미컬하게 손을 좌우로 저었다. 얼굴은 웃고 있지만 미나는 오직 고양이 앞에서 도망칠 궁리만을 하고 있는 쥐새끼처럼 벵상이라는 낯선 사내로부터 빠져나갈 계기를 찾느라 아무것도 눈에 들어오지 않았다. 겉으론 웃고 있지만 실은 울고 있는 삐에로의 운명이 따로 없었다. 끝날 것 같지 않은 록 음악이 끝나고 새로운 음악이 시작되었다. 「오버 더 레인보우」, 블루스 타임이었다. 찰리 파커의 색소폰 음색이 홀의 열기를 차분히 가라앉히며 떨어져 있는 사람들의 숨결을 하나로 어루만졌다. 아무리 마음을 뒤흔드는 음악이 나와도 미나로서는 좋아하지 않는 사람과 몸을 맞대고 그 사람의 숨소리를 들으며 춤을 추어야 하는 것이 처참하다 못해 서글펐다. 그러나 은규가 뭐라고 했는지 캡틴은 미나를 쉽사리 놓아주지 않았다.

「부모님의 뜻을 거역하지 못해 다른 길을 가게 되었지만 고등학교 때까지의 꿈이 작가였답니다」

캡틴이 낮은 목소리로 속삭이듯 말했다. 그의 눈이 미나의 눈동자에 와닿자 미나는 터질 듯이 숨이 막혔다. 싫든 좋든 뛰고 있는 가슴의 맥박을 그에게 들키기는 죽

기보다 싫었다. 열여덟 소녀도 아닌데, 블루스 한 번 췄
다고 뭐가 어떻게 되는 것도 아닌데 극도로 긴장하고 있
는 자신이 우스꽝스럽고 유치하게 여겨지기까지 했다.
미나는 구원자라도 기다리는 듯이 캡틴의 허리에 느슨하
게 감긴 손끝에 힘을 주며 입구 쪽을 바라보았다. 그때
였다. 거짓말처럼, 휘황한 빛을 뿜으며 낯익은 영화 속
의 인물처럼 어떤 한 여자가 걸어 들어오고 있었다. 영
국인이 옆에 있었으나 미나의 시선은 온통 그 여자에게
쏠렸다. 미나는 한눈에 승희를 알아보았다.
　「저어, 실례합니다」
　미나는 용수철처럼 튕겨나가듯이 캡틴을 밀치고 출구
쪽으로 뛰쳐나갔다.

4

　미나가 승희와 가까워진 것은 삼학년 이학기에 있는
전공 필수 〈엑스포제(공동연구발표)〉에 한 팀으로 묶이고
서였다. 엑스포제 팀은 기역 니은 순으로 여섯 명씩 팀
을 짰는데 미나와 승희는 히읗 씨로 묶여서 한 팀이 되
었다. 승희는 〈노〉 씨였으나 승희의 아버지가 오월 초에
서울로 발령이 나는 바람에 파리에서 뒤늦게 귀국해 재

외 거주자 외국어 특기생 자격으로 입학하게 되어 미나 다음 다음의 맨 끝번호가 되었다.

「발표자는 미나가 하면 되겠네. 안 그러니들?」

각자 일정을 맞추기 위해 심포니라는 정문 옆 카페에 처음 모인 날이었다. 발표자를 정하는 대목도 아니었는데 구석에 앉아 있던 승희가 대뜸 말하고 나섰다. 아무도 반대하지 않았지만 역시 모두 동의하지도 않았다. 미리 발표자를 정해 놓고 시작할 필요는 없었다. 과만 같을 뿐이지 그때까지 미나는 승희와 몇 마디 나눠본 기억이 없었다. 다른 아이들도 다를 게 없었다. 미나가 신중하게 입을 열었다.

「주제에 따라 발표자는 뽑아야 될 것 같아. 주제를 어학 쪽으로 잡으면 경은이가 적임자일 테고, 비평사 쪽으로 잡으면 선민이가 적임자일 테고」

미나의 말에 모두 수긍했다. 다음 모임에는 각자 하나의 주제를 가지고 와서 결정하기로 했다. 전학년보다 그리고 다른 팀보다 유익하고 독창적인 발표를 해야 만족스런 점수를 받을 수 있었다.

「판에 박힌 메뉴판처럼 이팀 저팀에서 돌고 도는 작가는 피하고 기왕에 시간과 인력이 모아지는 공동 연구이니 새로운 작가에 시선을 돌리는 게 어때?」

미나의 주장이 받아들여져 주제 작가로 아일랜드 태생

의 사뮈엘 베케트가 정해졌다. 학부 수업은 스탕달이나 플로베르 등을 거치느라 베케트와 같은 현대 작가의 수준에는 이르지 못하고 있었다. 승희는 영어와 프랑스어는 누구보다 잘 구사했지만 정작 문법이나 불문학 전공 과목은 겨우 낙제점을 모면하고 있는 형편이었다.

「네가 달리고 있는 것을 보았어」

승희와 나란히 걷던 미나가 다른 친구들이 들리지 않게 작은 목소리로 말을 붙였다. 베케트에 대한 기본 자료를 돌려보고 난 후 저녁 겸 뒤풀이로 학교 앞 분식집으로 몰려가다가 광장에 이르러서는 둘씩 셋씩 찢어졌다. 미나는 일찍부터 대학원 진학에 뜻을 두고 인문대 도서실에 남아 있다가 열시쯤 나와 광장을 지나가곤 했다. 언젠가부터 자주는 아니지만 광장의 나무를 가운데 두고 원을 그리며 달리고 있는 여자가 눈에 띄었다. 한두 번 무심코 지나쳤는데 어느 날 광장가에 있는 공중전화 부스 안에서 전화를 걸면서 유심히 살펴보니 뜻밖에도 승희였다.

「어땠는데?」

조심스럽게 운을 뗀 미나와는 달리 승희는 아무렇지도 않게 되물었다. 남성적인 박력이라고나 할까? 미나는 승희를 처음 보는 순간부터 그녀에게서 뿜어져 나오는 자신만만함과 이국적인 화려함에 끌렸었다. 승희의 화려함은 단지 외형적인 패션에서 오는 것만은 아니었다. 수영 시간에 승희는 더욱 돋보였다. 접영, 배영, 자유영, 잠수. 물속의 승희는 한 마리의 물개 같았다. 승희가 다이빙대에 오르면 아이들은 각자의 위치에서 승희에게로 시선을 모았다. 승희의 몸은 시위를 떠난 활처럼 날카로운 동시에 꽃잎의 낙하처럼 부드러웠다. 순간적인 동시에 매끄러운 힘의 투영, 그것은 승희만의 세련된 기술 같았다. 그런 면에서 승희가 품고 있는 화려함의 속성은 누구도 부인할 수 없었다. 그런데 환하게 불켜진 밤의 공중전화 부스에서 엿본 어둠 속의 승희의 모습은 뭐라 설명할 수 없이 허탈하고 고독해 보였다.

「처음엔 넌지 몰랐어. 네가 그 시간에 거기에 있으리라고는 전혀 생각하지 못한 일이었으니까」

미나의 말이 끝나기가 무섭게 승희가 획 돌아섰다. 정문으로 이어지는 다리 아래로 경의선 기차가 기적을 울리며 지나가고 있었다. 미나는 마치 춤추는 무희처럼 바람을 일으키며 민첩하게 돌아서는 승희를 따라 얼결에 함께 돌아섰다. 기차 꼬리가 다리를 쑥 빠져나가는 것이 느껴졌다.

「저 나무는 기차의 기적 소리처럼 날 미치게 만드는 데가 있어」

승희는 대강당 계단 아래 광장 가운데 홀로 서 있는

느티나무를 손으로 가리켰다.

「그게 뭔데?」

미나도 늘 지나다니는 나무였다. 땡볕이 내리쬐는 여름날에는 때로 그 나무 아래에서 잠깐 앉았다가 가파른 계단을 넘어간 적도 많았다.

「심포니로 간다는 데 딴 의견 없지?」

승희의 대답을 기다리는 사이 앞서가던 선민이가 달려와 둘의 팔을 잡아 끌면서 발길을 재촉했다. 다리 아래를 통과한 기차가 신촌역에 정차해 있었고, 석양의 흔적만 눅진하게 남은 역사 주변은 탄광촌처럼 검은 그림자 일색이었다. 힐끗 돌아본 광장의 나무 주위로 어둠이 내리고 있었다.

5

「나무가 나를 미치게 하는 것은 아냐. 그런 점도 없지 않지만」

심포니에서 나와 전철역으로 향하는 길에 승희가 미뤄둔 과제를 꺼내듯 미나에게 말했다.

「그럼?」

거리는 열시를 넘긴 시간임에도 청춘의 물결로 넘쳤

고, 미나와 승희도 마주 오는 사람들과 부딪치지 않으려고 어깨를 옹송그리며 걸었다. 보통 사람보다 한 뼘 정도 키가 큰 승희가 어린아이를 내려다보듯 미나를 물끄러미 쳐다보다가 전철역 팻말로 눈길을 돌렸다.

「미치도록 달리고 싶은 때가 있는 것이지」

미나는 고개를 끄덕이면서도 얼른 납득이 가지 않았다. 전철역 지하로 내려가다 말고 미나는 그리스 신화에 나오는 잘생긴 미소년의 용모를 연상시키는 승희의 옆모습을 멀뚱히 바라보았다.

「넌 그러고 싶은 적이 없니? 넌 연애도 안해?」

승희는 얄궂게 눈을 살짝 흘기더니 와락 미나의 팔짱을 끼었다. 그 힘에 미나는 계단 아래로 고꾸라질 뻔했다. 미나가 균형을 찾고 돌아보니 승희는 웃고 있었다. 그냥 웃고 있는 것이 아니라 간지러움을 견딜 수 없어 터지는 웃음처럼 지극히 사적인 웃음이었다. 그 웃음은 기계에 패스를 찔러넣고 에스컬레이터에 몸을 실을 때까지 계속되었다.

「난 남자애를 만나면, 그애가 너무 좋으면, 이상하게 공격적이 돼. 그애에게 공격적으로 먹히고 싶고, 공격적으로 나를 해체해 버리고 싶어. 그렇지 않으면 숨을 조이는, 내 안을 꽉 채우는 힘을 감당할 수 없어 폭발해 버릴 것만 같지. 내가 달리는 건……」

앞에 탄 여자가 격앙되어 있는 승희의 얼굴을 힐끔 돌아보았다. 앞뒤로 사람들이 빼곡한 속에서 들을 만한 이야기는 아니었다. 그럼에도 승희는 마치 미나와 단둘이 있기라도 한 듯 주변 사람들을 아랑곳하지 않았다.

「내가 달리는 건, 딱히 남자애 때문만은 아니고 오래된 습관 중의 하나야. 뜻대로 되지 않을 때, 궁지에 몰렸을 때 그래. 어떤 사람은 양파 껍질을 벗기듯 옷을 막 벗는다며? 그럴 때 넌 어떻게 해?」

「난 잘 안 움직여. 강도가 셀수록 꼼짝 못하지. 고작 어떻게 해보는 정도가 피아노를 치는 거야. 그것도 바흐만 계속. 그러다 어느 땐 춤을 추기도 해. 신들린 것처럼. 나중엔 지쳐서 꼼짝 못하게 되고, 그러면 해소가 돼버려」

「바흐와 춤을? 넌 확실히 나와 종자가 다른 것 같아. 난 바흐를 제대로 들어본 적이 없어. 라흐마니노프나 거쉰 정도는 참을 만한데, 바흐 쪽으로만 가면 평온을 느끼는 게 아니라 오히려 불편해」

「그럼, 널 편안하게 하는 건 뭐니?」

「록 중에서도 헤비 메탈 쪽이야. 긁어대고 뒤틀고 두들기고 파열하고. 그런데 그들 중에 또 못 견디는 것은 사이키델릭한 전자음들이야. 그리고 펑키. 그들이 귓속에 들어오면 어쩌다 엉덩이에 달라붙은 기분 나쁜 껌처럼 귓속에서 떼어내고 싶어」

「한마디로 다듬어지지 않은 야성적인 것들을 좋아하는구나?」

「스테레오 타입은 질색이야. 바흐가 그런 것 아니니? 너무 맑고 너무 정교하고. 완벽한 평온. 빠져나갈 구멍이 없어. 완벽한 게 거꾸로 얼마나 부담스럽고 불편한지 아니?」

「완벽주의자가 그렇게 말할 수 있는 게 아닐까. 역으로 평온에 대한 강박 관념일 수도 있겠고. 헤비 메탈도 바흐와 그렇게 먼 것만은 아니라고 봐. 극과 극은 통하는 것처럼」

「그럴 수 있겠지. 아무튼 넌 바흐란 말이지? 그런데 이상하게도 난 누구보다 네가 편해」

「누구나 자기 안에 샤먼이 하나씩 들어 있는 게 아닐까. 드러내는 방식이 다를 뿐이지. 네가 달리는 거나, 내가 춤추는 거나」

에스컬레이터에서 내려 몇 발자국 떼지 않아 전철이 들어왔다. 잠실 방향이었다.

「난 저걸 타면 되는데 넌 어느 쪽이니? 다른 방향이면 너 다음에 탈게」

미나는 서서히 미끄러져 들어오는 전철과 승희를 번갈아 보며 말했다.

「난, 어느 쪽도 아니야. 사실은 기숙사에 있거든. 너와 더 애기하고 싶었어」

승희는 주춤하던 미나를 전철 안으로 얼른 밀어넣고는 손을 흔들었다.

6

엑스포제 발표 이후 승희는 요나로 불렸다. 승희가 중요한 전공 필수 과목인 공동 연구의 발표자가 되리라고는 아무도 예상치 못했다. 과 학우들은 어쩌면, 아니 당연히 치열한 입시 지옥을 뚫지 않고 어느 날 하늘에서 뚝 떨어지듯 일원이 된 승희를 과에서 열외자로 제쳐두고 있었다. 그런 대우에 승희가 못 견뎌하거나 불쾌해하지 않았고 오히려 아웃사이더에게 주어지는 선입견과 무관심을 자유로움으로 받아들였다. 그렇게 보자면 개인주의 성향이 짙은 불문과 자체도 학내에서는 아웃사이더로 낙인 찍히기는 마찬가지였다. 그런 과풍에서 승희의 존재가 유별나다고는 볼 수 없었다. 그러나 어둠 속을 달리는 승희를 지켜보았던 미나한테는 달랐다.

「흔히 베케트를 부조리 희곡 작가로만 알고 있는데, 그의 소설 『몰로이』를 자세히 읽어볼 필요가 있을 것 같아」

미나가 공동 연구 작가인 베케트의 소설 『몰로이』를 소개한 날이었다. 소설은 모성을 찾아 헤매는 한 사내의 이야기가 주요 뼈대였고, 미나는 그의 심리와 행태를 요나, 즉 구약 성경에 예시된 고래 뱃속의 요나로 비유해 자궁 컴플렉스의 근원을 짚어나간 논문을 요약해 설명했다. 「고도를 기다리며」나 「발소리」, 「마지막 테이프」 등의 희곡에서는 꽤 적극적이던 승희가 처음부터 듣기만 하고 한번도 입을 떼지 않았다. 여느 날과 같이 심포니에서 저녁을 먹었고 그날따라 다른 애들이 약속을 핑계로 속속 자리를 뜨자 남은 것은 승희와 미나뿐이었다. 승희는 그 순간을 위해 끝까지 남아 있었던 듯이 창문 너머 어둠에 쌓인 철길을 응시하며 지나가는 말처럼 던졌다.

「『몰로이』라고 그랬지? 나도 엄마가 누군지 몰라」

미나는 얼결에 수렁에 한 발을 빠친 것처럼 승희의 느닷없는 토로를 어떻게 받아들여야 할지 난감해졌다. 승희가 바라보는 철길 쪽 너머 광장에 눈길을 주는 것 이외에 미나가 할 수 있는 게 따로 없었다. 다만 미나는 생각하고 있었다. 자석의 끌림처럼 자기도 모르게 속말을 하게 하는 사람이 있다는 것을. 그리고 승희에게 미나 자신이 바로 그 사람이라는 것을.

「열 살까지 아빠와 둘이 기차가 지나가는 남도의 바닷가에서 살았어. 지금도 기차만 보면 내 몸의 신경이란 신경은 다 곤두서는 것 같은 기묘한 흥분 상태에 빠지곤 해」

승희 엄마는 발레 핑크라는 사립 발레단의 무용수였다. 서울에서 신혼 살림을 하던 차에 승희 아빠가 대규모 원자력 발전소가 있는 그곳 연구소로 발령이 나자 승희 엄마는 완강히 내려가지 않으려고 했다. 일이 년 후면 서울로 복귀할 것이라는 설득에 억지춘향격으로 할 수 없이 따라 내려갔지만 승희 아빠가 이 년이 지나고 언제 서울로 돌아가게 될지 불투명해지자 육체적 퇴행에 대한 병적인 불안과 우울증이 극에 달해 결국은 승희를 낳고 첫돌도 지나지 않아 바닷가를 떠나버렸다.

「언제 파리로 간 거니?」

서울역 쪽인지 문산 쪽인지 기차가 지나가는 모양이었다. 길게 울리는 기적 소리에 승희가 잠시 말끝을 놓은 사이 미나가 물었다.

「열두 살 때야. 처음부터 파리에서 산 것은 아니야. 고등학교에 들어가기 전까지 대단위 원자력 발전소가 있는 노르망디 해안의 릴이라고 하는 북부 공업 도시에서 자랐고, 인터내셔널 스쿨에 들어가고 난 다음부터는 파리에서 혼자 생활했어」

미나는 승희에게 엄마에 대해 물어보려다가 차마 입을 떼지 못했다. 승희 표정이 유난히 지쳐 보여서만은 아니었다. 멀리서 볼 때는 황홀하기까지 했던 승희가 미나 자신보다 몇 겹의 인생을 더 산 여인네처럼 느껴졌다. 미나는 승희에게 쏠리는 뜨거운 피의 흐름을 제지하고 싶지 않았다.

「요즘엔 달리지 않니?」

미나는 심포니를 나오면서 승희의 팔에 슬쩍 손을 감았다.

「너, 그거 아니? 보는 사람은 달리는 행위 자체가 치열하고 철저하게 보일지 몰라도 막상 달리고 있는 사람은 얼마나 지루하고 심심한지 말이야」

승희는 가볍게 눈을 흘기면서 미나의 팔을 가슴까지 꼭 끌어당겼다. 전철역 앞에서 승희를 돌려보내며 미나는 이번 공동 연구의 발표 작품은 『몰로이』, 발표자는 승희가 적임자라는 사실을 새로이 인식하였다.

ㄱ

승희는 졸업 후 한동안 보이지 않았다. 풍문에 무역업을 하는 열 살 연상의 남자와 결혼해서 아프리카로 떠났

다고 들었는데 미나가 결혼을 앞두고 광화문 영국 문화
원 근처에 있는 세실이라는 레스토랑을 찾았을 때 거기
서 우연히 마주쳤다. 이 년 만의 조우였다. 미나는 그날
남자 쪽 친구들에게 첫 선을 보이는 일명 댕기풀이를 하
기 위한 룸을 예약하기 위해 잠시 들렀던 차였고, 승희는
새로 창간하는 여성지 스태프로 회식을 하는 자리였다.
「기태라는 사람 맞니?」
승희가 기태의 이름을 기억하는 게 신기했다.
「너 기억력 좋다. 그 사람 이름도 다 기억하고?」
「그가 누구니. 우리들의 기태 씨였잖니」
「그건 그렇고 왜 네 결혼식에 부르지 않았니?」
엑스포제를 계기로 졸업 후에도 모임은 계속되고 있었
다. 승희는 제외하고 미나뿐 아니라 승희의 결혼식에 참
석한 친구는 아무도 없었다.
「의도적으로 그런 것은 아닌데 어떻게 하다 보니까 그
렇게 됐어」
「그런 말이 어딨니? 그 동안 어디에 있었고?」
「르완다라고 아프리카 중부에……」
「거 왜 내전 일어난 데 아니니? 위험하지 않았어?」
「으응」
승희는 쓸쓸하게 웃으며 들어가봐야 할 듯 일행들을
살폈다. 미나는 고개를 가로 저으며 룸과 룸 사이에 있

는 대기 의자로 승희의 손을 끌었다.

「오랜만에 만났는데 저기에 잠시 가 앉자, 응? 난 괜찮은데 넌 일행이 있으니 잠깐밖에 안 되겠구나. 언제 들어왔니? 연락이라도 하잖구. 그래, 느이 신랑은? 참 아프리카와 관계된 일을 한다고 들었는데」

미나는 앉은 채 승희의 손을 놓지 않고 다그치듯 한꺼번에 여러 가지를 물어보았다. 미나의 다그침에 승희는 슬그머니 손을 빼는 듯하다가 단호하게 말했다.

「미나야. 난 달라진 게 없어. 여전히 혼자야」

미나는 승희를 만난 것이 반갑기도 하고 궁금하기도 해서 허기를 채우듯 승희의 근황을 탐하다가 한방 되게 얻어맞은 기분이었다.

「그게 무슨 말이니?」

영문은 모르지만 미나는 승희의 상처를 건드린 것만은 확실했다.

「죽었어. 개처럼. 아무 상관도 없는 놈들 싸움통에 총 맞아……」

티브이를 통해 르완다 내전으로 수만 명이 죽어나가는 장면을 먼 나라 일로 건너다보면서 그 속에 미나가 아는 한 사람의 불행이 있으리라고는 꿈에도 생각하지 못했다. 세상이란 넓이가 손바닥 안으로 좁아지는 느낌이었다.

「내가 나가지 말라고 말렸는데, 나갔어. 밖에서 아이

가 울고 있다고. 문이란 문은 봉쇄된 채 몇 날이고 안
에서만 생활했지. 문만 나서면 시체가 쌓였어. 신음소
리, 울부짖는 소리, 죽을 때의 비명. 모든 게 환각이고
환청처럼 여겨졌어. 그 속에서 아이 울음 소리를 구별해
낼 수는 없었는데, 유독 그를 불러내는 소리가 있었나
봐. 그게 그의 길이었나 봐」

　미나는 엉겁결에 승희의 어깨를 감싸 안았다. 수십 개
의 바늘로 가슴을 찔러대는 듯 아파서 그녀를 안지 않고
는 견딜 수가 없었다. 대기 의자에 앉아 잠시 듣기에는
감당하기 힘든 이야기였다. 미나는 그저 반가운 마음에
재촉해 듣게 된 것이 승희의 끔찍한 불행이 되고 만 것
이 어찌된 일인지 금방 납득이 가지 않았다. 승희와의
관계는 늘 이런 식으로 아무런 준비 없이 가장 깊은 곳
에 똬리를 틀고 있는 상처를 건네받게끔 결정지어진 것
같았다.

　「미안해. 내가 괜한 걸 물어가지구」

　그제서야 미나는 룸에 두 줄로 마주 보고 앉은 승희의
동료들이 눈에 들어왔다.

　「괜찮아. 언젠가는 알게 될 일인데 뭐. 어쩌면 잘됐
지」

　승희는 모든 것을 초월한 무심한 눈동자로 미나를 바
라보았다.

「넌 잘살 거야. 나완 다르잖아」

승희의 말을 부정하지 못한 채 미나는 승희를 룸으로 들여보냈다. 미나의 결혼식에 승희는 나타나지 않았다. 가끔 미용실 같은 데에서 여성지를 통해 승희의 이름을 접하기는 했으나 그후 오랫동안 승희에 대해 알 수 있는 것은 없었다.

8

골프 클럽에 나타난 승희는 십 년 전이나 칠 년 전이나 변한 게 없었다. 푸른 빛이 돌 정도로 짙은 잘생긴 눈썹과 생의 쾌락으로 충만한 검고 빛나는 눈동자. 미나는 승희를 향해 돌격하듯 정신없이 달려가던 걸음을 늦추었다. 달리는 잠깐 사이 승희와 맞닥뜨리는 순간을 생각했다. 영국인의 파트너로 막 들어서는 승희의 얼굴을 자기에게 끌어와 자신의 존재를 환기시키는 장면이 그려졌다. 미나는 유쾌한 표정으로 걸어 들어오는 승희를 비껴 출구 옆 화장실로 뛰어들어갔다. 승희가 홀에서 춤추는 것을 유리를 통해 잠시 지켜보다가 미나는 클럽 밖으로 나왔다. 초원을 지나 숲에서 돌아다본 클럽은 검은 바다 위에 뜬 유람선 같았다.

9

「왜 처음부터 아는 체를 하지 않았니?」

골프 클럽 파티도 파티였으나 파리에서 승희와 한 침대에 마주 보고 누으리라고는 전혀 예상치 못했다.

「나 때문에 분위기가 깨지는 것이 싫었어」

화장을 지운 승희의 얼굴과 마주하자 지나간 시간이 거꾸로 흘러 어둠 속을 달리던 그때로 돌아가 있는 듯했다.

「어떤 분위기? 난 아무래도 상관없었을 텐데」

「새뮤얼인가 하는 그 영국분은 그렇지 않을 것 아니니?」

「그와는 아무 관계도 아니야. 만난 지 이틀밖에 되지 않았는걸 뭐」

「좋은 사람 같아」

「모르지. 하긴 좋은 사람일지도. 그렇다고 나와는 크게 상관없어」

「어떻게 만났는데?」

「금요일 저녁엔 종종 잘 차려 입고 오페라 하우스에 가거든」

「좋은 게 있었구나?」

「늘 그런 건 아니구. 그냥 길게 서 있는 줄 끝에 묻혀 있다가 사람들이 다 들어가고 공연 시간이 임박해서 매표구 부근을 어슬렁거리다 보면 공짜로 특별석에 앉아 공연을 볼 수도 있어」

「그게 어떻게 가능하니?」

「바람맞은 바람둥이들이 표를 버리기는 아깝고 주머니에 쥐고 가자니 자존심 상하고. 그러면 눈을 굴리며 마음에 드는 여자를 찾지」

「그럼 그 영국인이 바람둥이란 말이니?」

「그런 건 아닌 것 같아. 영국 사람이라고 바람둥이가 없는 건 아니지만」

「그래서?」

「그래서는. 마음에 드는 여자에게 표를 쥐어주고 가능한 한 빨리 사라지는 거야. 신사답게. 그것으로 상한 자존심을 보상받는 거지」

「그럴 수 있겠다」

「그런데 새뮤얼은 다른 애들과는 달리 표를 주고 사라지는 것으로 끝내지 않고 새뮤얼 존슨이라고 자기 이름을 밝히며 정중하게 부탁을 해오더라. 내일 저녁 두 시간만 빌려줄 수 있겠냐고. 골프 클럽 파티에 가야 하는데 파트너가 꼭 필요하다는 거야. 저녁 약속이 있기는 했지만 가겠다고 했지. 그쯤이면 매혹적인 흑진주 제시노먼 주역의 오페라 카르멘과 맞바꿀 만하다고 생각했거든. 그가 사라지고 명함을 들여다보는데 거기 박힌 새뮤얼이라는 이름이 왠지 낯설지 않았어」

「낯설기는? 너 사뮈엘 베케트의 작품 발표자였잖아. 바로 그 사뮈엘이 새뮤얼이잖니. 우리가 불어식으로 읽었을 뿐이지」

「아, 그렇구나. 새뮤얼은 사뮈엘!」

무슨 생각이 났는지 승희는 침대에서 일어나 책상 서랍을 열더니 오래된 사진 한 장을 꺼내왔다.

「생각나니? 엑스포제 때 학교로 들어가는 철길 옆에서 너랑 찍었던 건데」

미나는 언제 사진을 찍었는지 빛바랜 인화지 속의 한 사람이 자신인지조차 믿어지지 않을 만큼 까맣게 잊고 있었다.

「내가 그 학교에 다녔다는 유일한 증거야」

둘은 자매처럼 어깨동무를 하고 카메라 렌즈를 보고 웃고 있었던 모양이었다. 겨울이었다. 다리 난간에 기댄 두 사람 뒤에 두 개의 터널이 검은 구멍처럼 뚫려 있었다.

「그런데 요즘엔 달리지 않니?」

승희에게 묻고 나니 언젠가 미나가 물었던 질문 같았다. 승희도 미나도 그때를 생각하며 피식 웃었다.

「왜 안 달리니. 그때보다 공간이 몇천 배는 넓어졌고 속도도 몇십 배는 빨라졌지」

미나가 선뜻 납득이 가지 않는다는 표정을 짓자 승희

가 시트를 끌어다 목까지 덮고 천정을 보고 똑바로 누으며 말했다.

「일요일 새벽 다섯시면 개선문 앞 광장에 수천 명의 애들이 모여. 롤러 블레이드를 타고 파리 시내를 내달리는 거야. 세상의 어떠한 잡음도 틈입시키지 않고 오직 나 자신이 선택한 소리만으로 두 귀를 꽉 채운 채 종횡무진 스피드를 즐기는 거지. 전날 저녁엔 정성껏 롤러 블레이드를 닦고 귀에 꽂을 곡을 고르는데 가끔 바흐 것도 있어」

긴 머리를 휘날리며 젊은 물결에 휩쓸려 롤러 블레이드를 타고 파리 시내를 누비는 승희의 모습이 마치 어머니 없이 대양의 물거품으로부터 태어난 여인 아프로디테처럼 눈부시게 눈앞에 펼쳐졌다. 미나는 영화 속의 장면처럼 홀린 눈으로 승희를 바라보았다. 어느 때보다 승희는 온화해 보였다.

「엄마는 만났니?」

내친 김에 미나는 오래전부터 승희의 엄마에게 품어온 궁금증을 꺼냈다.

「글쎄. 그 부분은 잘 모르겠어. 미나야, 세상에서 단 한 사람 절연하란다면 넌 누구와 하겠니?」

절연이라는 단어에 걸려 미나가 선뜻 할 말을 찾지 못하자 승희가 벽 쪽으로 돌아누으며 말했다.

「그래, 너한테 이런 질문을 하다니. 하지만 말이다, 미나야. 서른을 넘기고서도 이 지구상에서 가장 벗어나고 싶은 인간이 여전히 엄마라고 한다면, 그것도 한번도 함께 살아본 적이 없는 엄마라는 존재라면 넌 어떤 생각이 드니?」

물어보나마나 한 문제였지만 그렇다고 덮어두는 게 다는 아니었다. 그것은 미나도 승희도 너무도 잘 알고 있는 사실이었다. 승희는 돌아누운 채 미나에게 손을 건넸고 미나는 승희의 손을 잡고 그녀 옆에 가지런히 누웠다. 갑자기 그 동안 쌓인 졸음이 한꺼번에 몰려오는지 승희는 크게 하품을 하며 밤새 삭은 목소리로 미나에게 말했다.

「이제 네 이야기를 좀 해봐. 네 이야기를 듣고 싶어」

말은 그렇게 하면서도 승희의 눈은 감기고 있었다.

「기억나니? 네가 그랬지. 달리지 않고는 견딜 수 없는 사람들이 있다고. 이제야 네 말뜻을 알 것 같아. 사실 그때는 짐작으로만 동의를 했었어」

말을 하다 보니, 승희는 더 이상 듣고 있는 것 같지 않았다. 가냘프게 들썩이는 승희의 어깨에 살며시 얼굴을 대고 숨소리를 들었다. 숨소리에 대고라도 미나는 조금만 더 말하고 싶었다.

「그가 더 이상 이 세상에 존재하지 않는다는 것을 현

실로 인정하기까지 삼 년이 걸렸어. 길다면 길고 짧다면 짧은 세월이었지. 그 동안 난 끝날 것 같지 않은 깊은 터널에 들어간 기분이었지. 터널을 빠져나가기 위해서는 달리지 않으면 안 되었어. 그러나 아무리 빨리 달려도 내가 도달할 수 있는 시간은 마찬가지라는 사실을 알게 되었지. 그때 비로소 나는 달리는 것 자체가 얼마나 지루하고 심심한지를 깨달았어」

벌어진 커튼 틈새로 날이 밝아오고 있었다. 잠이 올 것 같지 않았다. 미나는 대충 얼굴을 씻고 간단한 메모를 남긴 채 승희의 아파트를 나왔다.

(더 이상 상처받을 일도 원망할 일도 없이 십 년이고 삼십 년이고 살아가야 한다면 그보다 더한 지옥은 없을 것이다. 송두리째 뿌리뽑혀 거덜난 사람만이 그럴 것이다. 롤러 블레이드로 바뀌었지만 여전히 달리고 있는 너를 만나서 반가웠다. 네가 달리고 있는 한 우린 어딘가에서 또 만나게 되겠지. 나에게 골프 클럽 파티 같은 게 자주 있는 것은 아니지만)

《21세기 문학》 1999년 봄호

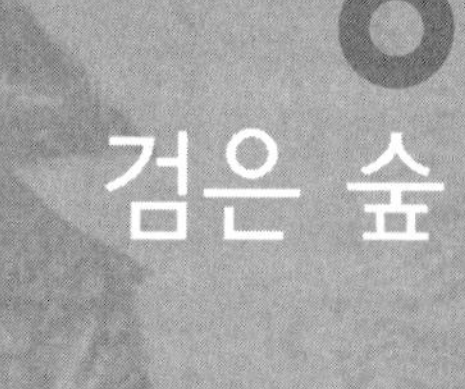

검은 숲

1

그것은 우연이었다. 계속되는 우연, 그것은 심연이
었다.

2

그녀의 뒤를 따라 방에 들어서려고 문에 다가갔을 때
제일 먼저 눈에 들어온 것은 바닥에 깔린 블루 카펫이었
다. 어둠에 잠겨 있던 실내가 막 전등 불빛에 되살아나

면서 바닥이 유난히 푸르게 돋보였다. 벽도 천장도 문도 모두 하얗게 페인트 칠이 되어 있어서 그랬는지 몰랐다. 나는 마치 검푸른 등의 거대한 짐승이 길게 엎드려 있다 깨어나기라도 한 듯 카펫에서 눈을 떼지 못하고 문턱에 서 있기만 했다. 머뭇거리고 있는 나를 보고는 그녀가 어서 들어가보라는 듯이 문 옆으로 비켜섰다. 나는 첫발을 떼는 어린아이처럼 조심스럽게 방 안으로 들어섰다. 실내 기물이라고는 창가에 놓인 탁자와 벽면에 붙여놓은 작은 침대 그리고 침대 발치의 사이드 탁자가 전부였다. 텔레비전이나 카세트 레코더 하다못해 전화기조차 보이지 않았다. 그래서인지 천장에서 내려온 보름달처럼 둥근 전등이 의도된 장식처럼 보였다.

「오신다고 영우 선배가 급하게 수리를 부탁해서 삼 일 전에 마치긴 했는데 아직 페인트 냄새가 베어 있어요. 영우 선배하고는 어릴 적부터 친구라면서요? 방이 마음에 드실지 모르겠는데……?」

지난주 파리에서 통화할 때까지만 해도 영우는 구월까지 방학이라 나를 기다리는 것 이외에 아무 일도 없다고 했다. 일이 마무리되는 대로 아무때고 내려오라며 혹 자기와 통화가 되지 않더라도 자동응답기에 메시지만 남겨놓으면 슈투트가르트 역으로 마중을 나가겠노라고 했다. 마침 전화를 넣었을 때 부재중이어서 그가 시킨 대로 메시지를 남기고 여덟 시간을 달려왔는데 영우는 보이지 않고 나를 맞은 것은 그녀였다.

「여기서 차로 두어 시간 가량 떨어진 곳에 콘스탄츠라고 있어요. 호반의 도시라 휴양지로 잘 알려져 있는데 대학 때 은사가 체류하고 계신가 봐요. 죽도 못 먹고 며칠째 꼼짝 못하고 누웠다고 통사정하는 것을 미루고 미루다가 압송되다시피 끌려갔어요. 갈 때는 하루면 족할 줄로 알았는데 그쪽 사정이 심상치 않은 모양이에요. 파리에 머무시는 동안 일정한 거처 없이 이동중이라 연락이 되지 않는다며 안타까워하길래 제가 자청해서 나섰어요. 아마 다음주쯤에 오실 줄로 알았나 봐요. 영우 선배가 아니어서 당황하셨죠?」

나는 영우가 나오지 않은 것이 대수롭지 않다는 듯이 부러 태연하게 전등 아래까지 걸어가서는 콧숨을 깊이 들이마시며 방 안을 둘러보았다. 방이 마음에 들고 안 들고 따질 겨를 없이 나는 어서 빨리 침대에 눕고 싶은 생각뿐이었다. 파리에 떨어진 이후 나흘째 잠을 못 잔 탓도 있지만 〈입구〉, 〈출구〉라는 단어조차 해독 불가능한 기호로만 보이는 낯선 독일 땅에 떨어진 이후 한시도 긴장을 풀지 않았던 탓에 나는 극도로 피로를 느꼈다. 더욱이 역으로 마중을 나오기로 한 영우 대신 한 번도 들어본 적 없는 그녀가 등장한 데 대한 당혹감도 피로를 부추겼다.

「이틀째 아침이면 와서 문을 열어놓고 초를 태웠는데 여전히 냄새가 빠지지 않았네요. 냄새 때문에 잠을 못 자면 어쩌죠?」

그녀는 마치 냄새를 빼내지 않은 것이 자기의 불성실의 정도를 말해 주기라도 하듯 성큼성큼 창문으로 걸어가 문의 열림 상태를 확인하고는 다시 알맞게 조절한 후 사이드 탁자 위에 반쯤 남은 두 개의 초에 성냥으로 불을 붙였다.

「오신다고 영우 선배가 얼마나 좋아하던지. 죽은 줄 알았던 애인이 살아 돌아올 때 그럴까요. 그러고 보니 제 표현이 좀 지나쳤군요. 아무튼 있잖아요, 왜, 무슨 일이든 약속이라고 벼르고 있다가 결국 어기는 경우 말이에요」

나는 예의 바른 여학생처럼 그녀의 말소리와 제스처, 발걸음에 이르기까지 매우 주의를 기울였다. 그녀의 손끝에서 피어오르는 불을 바라보며 갑자기 땅 밑이 푹 꺼지는 듯 강한 현기증을 느꼈다. 동시에 나도 모르게 몸이 기우뚱 옆으로 쏠리는 듯했다. 얼른 몸을 똑바로 세우다가 그녀와 눈이 마주쳤다.

「안색이 창백한데, 몸이 많이 불편하신 것 아녜요?」

그녀가 전등 아래로 바짝 다가와 근심스럽게 물었다.

나는 가슴에 손을 얹고 잠시 눈을 감고 안정을 취한 뒤에야 입을 열었다.

「이제 좀 괜찮아요. 지난 여름에 포르투갈에선가, 어느 해안가 마을이 땅 밑으로 푹 꺼져버렸다는데, 혹 이곳도 그런 것은 아니겠지요?」

말은 그렇게 하면서도 나는 내심 울렁증이 도져서 여기까지 와서 쓰러져 몸져누우면 어떡하나 걱정이 되었다.

「아, 현기증이 났군요. 그렇죠? 저혈압 아니세요? 평소 빈혈이 있죠?」

그녀는 마치 오래 알아온 의사처럼 내 증세를 확인하려 했다.

「네, 간혹 그러기는 하지만, 그때의 현기증하고는 좀 다른 것 같아요. 의식의 단층이 툭 끊어지는 것 같기도 하고……」

그녀는 자기의 생각이 적확했다는 듯이 빙그레 웃으며 침대를 가리켰다.

「좀 앉으세요. 벽에 잠시 기대셔도 되구요」

나는 그녀의 말을 따라 고분고분 행동했다. 침대에 발을 걸치고 벽에 기대 앉아 있으니 좀 나아지는 듯싶었다. 그녀가 사이드 탁자 쪽에 있던 두 개의 의자 중 하나를 가져와 내 앞에 앉았다. 나는 잠자듯 눈을 감고 그대로 더 앉아 있었다. 낯설기로 치면 단순한 지시어조차 기호로 보이는 이 나라만큼 그녀 역시 내게는 낯선 존재였으나 이상하게도 나는 그녀에게 의지하고 있었다. 이상한 편안함이 그녀를 거부할 수 없게 만들었다.

「여기 날씨 때문에 그래요. 한마디로 지랄 같죠. 제 말이 좀 그렇죠? 그렇지만 정말 그래요. 숲 때문에 더 그렇기도 하구요」

그녀는 그쪽이 숲인 양 창 쪽을 바라보았다.

「오늘은 밤이라 뭐가 뭔지 분간이 가지 않았을 테고, 내일이면 숲의 진면목을 보시게 될 거예요. 숲이 어찌나 깊고 울창한지 산림이 잘되어 있기로 유명한 독일에서도 특히 이 일대를 가리켜 검은 숲이라 불러요. 그러나 저러나 내일은 날씨가 좀 나아져야 할 텐데……」

그녀는 검은 숲이라고 말을 했지만 나는 검은 까마귀떼를 연상했다. 그러자 머릿속이 까마귀떼 무리지어 앉은 숲처럼 무겁게 짓눌리는 듯했다.

「여기 처음 오는 사람들한테는 두통에다가 현기증세가 종종 일어난다고 해요. 저도 처음엔 한 열흘 누웠기만 했는걸요. 특히 마르고 핏기 없는 여자들이 이곳 날씨에 적응하려면 좀 걸려요」

나는 시늉으로라도 눈을 떠서 그녀의 말에 성의를 표하고 싶었지만, 고개만 끄덕여질 뿐 의식은 시간도 계절도 알 수 없는 한없이 낮은 지대로 곤두박질치고 있었다.

「파리는 어떻던가요? 파리도 겨울처럼 춥고 흐리던가
요?」

파리. 그녀의 말소리가 메아리를 남기며 의식 저편으
로 완전히 떨어지기 직전에 나는 한숨처럼 길게 파리를
읊조렸다. 파리의 하늘도 온통 먹구름으로 뒤덮여 있었
다. 세느 강변을 지날 때 어지러이 울려퍼지던 노틀담의
종소리가 기차 바퀴 소리와 어울려 불협화음을 일으켰
다. 파리 동역에서 뮌헨행 기차를 기다리던 낮의 일이
마치 까마득한 과거처럼 아득했다.

3

눈을 뜨지 않고서도 실내가 아직 어둠으로 꽉차 있다
는 것을 느낄 수 있었다. 몇 시쯤이나 되었을까. 오래
깊은 잠을 자고 난 때처럼 의식은 명료했다. 그러고 보
니 어젯밤 내가 어떻게 잠이 들었는지, 그리고 그녀가
언제 돌아갔는지 기억에 없었다. 연한 장미핑크 니트 상
의와 진의 물 빠진 청색이 어렴풋이 눈에 잡히는 것으로
보아 어둠이 그리 깊은 것만은 아닌 듯했다. 창 쪽으로
시선을 옮겼다. 빈틈없이 쳐진 철제 블라인드 사이로 무
겁기는 했지만 아침의 빛이 스며들고 있었다. 여태 새벽

일 리는 없었다. 어젯밤 그녀가 초에 불을 붙이던 장면이 되살아남과 동시에 사이드 탁자 쪽으로 고개를 돌렸다. 반쯤 타다 남은 상태에서 다시 타오르던 촛불이 바닥에 거의 달라붙다시피 소진되어 있었다. 어깨 아래까지 늘어진 긴 생머리 말고는 그녀의 얼굴 생김이 밤사이 녹아 없어진 초처럼 감이 잘 잡히지 않았다. 침대에서 빠져나와 블라인드를 걷어내기 위해 창가로 갔다. 지난밤 새 주욱 도둑비가 내린 모양이었다. 아침의 빛이 조금씩 들어오면서 탁자 위에 놓인 메모지의 푸른 글자가 눈에 들어왔다.

〈유진이라고 해요. 금세, 깊이, 잠드신 것을 보고 앉아 있다가 돌아가려는데 이름조차 말하지 않은 사실이 마음에 걸렸어요. 열쇠 하나는 두고 다른 하나는 제가 가져가요. 혹, 아침 산책이라도 나가시려면 열쇠를 가지고 나가시는 것 잊지 마세요. 여기 문은 한번 닫히면 자동으로 잠겨지게 되어 있어서 자칫하다가는 출장비가 엄청나게 비싼 열쇠 수리공을 불러야 하니까요. 물론 제가 또 하나 가지고 있으니 그럴 일은 없겠지만요. 아침 느지막이 다시 찾아뵐게요. 그럼〉

메모를 읽은 다음 옆에 놓였던 열쇠를 집으며 단정히 의자에 앉았다. 창 앞까지 길게 가지를 늘어뜨린 떡갈나무 잎사귀며 풀밭에는 아직도 빗기운이 남아 있었다.

눈을 뜨면 자동적으로 들려오던 음악 소리나 티브이 뉴스 소리, 간간이 울리던 전화벨 소리 따위와 완전히 절연되었다는 게 허구처럼 기묘하게 느껴졌다. 지금 내가 앉아 있는 바로 이 나라는 세계에서도 최고의 정밀도와 과학성을 대표하는 문명국이 아닌가. 나는 외로움도 아니고 소외감도 아닌 야릇한 적막감에 젖어 의자에서 일어나 맨발로 넓게 깔린 블루 카펫 위를 어슷어슷 거닐었다. 그리고 같은 걸음으로 창문 옆 쪽으로 나 있는 베란다와 반대편 화장실 쪽에 비치된 붙박이 옷장, 그리고 부엌의 싱크대와 냉장고까지 일일이 문을 열어보았다. 베란다로 통하는 문은 유리로 되어 있었는데 잠금 장치에 익숙지 않아 한참 만에 열 수 있었다. 유리로 되어 있는 만큼 내다보고 말 수도 있었으나 군용 담요와 비슷한 카키색 요를 뒤집어쓴 커다란 물체가 무엇인가 궁금한 생각에 기어이 문을 열고 나가 요를 들쳐보았다. 형체의 굴곡에서 피아노 같아 보였는데 짐작이 맞았다. 흑갈색 원목 피아노였다. 이전의 세입자가 쓰던 물건인데 미처 옮겨가지 않았던 모양이었다. 담요를 들춰내 손잡이를 들이밀어 뚜껑을 열고 흑과 백의 정연한 자태를 내려다보는데 지난 밤처럼 돌연 현기증이 일었다. 조심스레 손잡이를 잡아당겨 덮개를 닫고 침대로 돌아와 몸을 눕혔다. 그때 화장실 창 쪽에서 어떤 소리가 들렸다.

〈엄마, 마아, 엄마아!〉

칭얼대는 어린아이 소리였다. 엄마라고? 나는 내 귀를 의심하며 찬찬히 침대에 등을 펴고 누웠다. 이상한 일이었다. 파리 시내를 걸을 때도 내 귀는 모든 사람들이 한국어로 대화하는 듯했다. 말하는 억양이며 액센트가 틀림없이 한국인 관광객이겠거니 하고 돌아보면 동양인이라고는 나 이외에 눈에 띄지 않았다. 그들이 파리 사람들임을 확인하고 나서야 내 귀는 프랑스 말을 받아들였다. 한동안 파리에서 생활하다 서울로 돌아와도 사정은 마찬가지였다. 하루이틀 정도는 길 가는 사람들마다 모두 프랑스 말로 말하는 것 같았다. 나는 파리에서의 경험을 되짚어 일시적인 착음일 거라고 무시했다. 아니면 아이를 떼놓고 온 자책이 환청인 양 메아리를 불러들였을 수도 있었다. 할머니 손에 이끌려 기차에 오르던 현태의 눈망울이 목엣가시처럼 아프게 되살아났다. 아이가 태어나 처음으로 자신의 말을 갖게 된 것이 〈엄마〉였다. 엄마라는 말을 뱉어내는 순간 그 아이의 모국어는 결정되었다. 나는 가끔 아이가 엄마라고 부르는 소리에 익숙지 않아서 움찔 놀라곤 했다. 결혼 오 년 만에 최악의 상태로 아이 아빠와 헤어지면서 나는 아이의 모국어가 통하지 않는 아주 먼 곳으로 떠나길 원했다. 킬리만자로나 페루, 아니 남극이나 북극쯤이면 멀다고 할 수 있을까. 아이 생각에 나는 한 움쿰 눈물을 삼키며 소리가 났던 쪽으로 다시 귀를 기울였다. 내가 누워 있는 곳이 건물의 일층이라는 것 이외에 전체적으로 건물이 어떻게 생겼는지 감이 잡히지 않았다. 블라인드를 올리면서 얼핏 보니 창 오른쪽으로 복도가 나 있었고, 그 위로 똑같은 형태로 몇 층 더 있었다. 복도 끝에 붙어 있는 집 옆 벽으로 나선형 철제 계단이 아파트 끝까지 연결되어 있었다. 을씨년스런 회색 하늘과 물 젖은 철계단 때문인지 시트를 목까지 끌어올려 틈을 만들지 않고 누웠는데도 살 닿는 데마다 한기가 돋았다. 소리는 더 이상 들리지 않았다. 자석에 이끌리듯 침대에서 일어나 화장실 쪽으로 걸어갔다.

4

　욕실 창을 조금 열어놓고 샤워기 물을 틀었다. 옷을 벗고 쏟아지는 물의 중심으로 들어가기 전에 발돋움을 해서 창 밖을 보려고 했다. 한뼘 정도 키가 모자랐다. 물소리 때문에 초인종이 울리는 것을 모를 수도 있었다. 샤워를 하기 전에 시간을 알아두려 했으나 공교롭게도 내가 가지고 있는 두 개의 시계가 모두 고장이 나 있는 상태여서 불가능했다. 날씨가 맑으면 해의 이동 거리로 어느 정도 시간을 가늠할 수 있을 텐데 부슬부슬 내리는 비와 낮게 내려앉은 구름 덮인 하늘로는 몇 시쯤이나 되었는지 도무지 알아맞힐 수가 없었다. 새벽 여섯시쯤인 것도 같고, 오전 열한시경인 것도 같았다. 시간대를 알아맞추는 것을 포기하며 묘한 분개심이 고개를 들었다. 세안 비누와 샴푸는 물론이고 칫솔과 치약, 심지어는 목욕 후 바디 크림까지 준비해 놓았으면서 실내 어디에도 시계를 갖추어놓지 않은 것이 영우의, 아니 그녀의 불찰처럼 여겨졌다. 아니 속임수처럼 느껴졌다. 한번 속았다는 생각이 들자 영우가 나타나지 않고 있는 것도 이상하기만 했다. 그녀는 누구인가? 한시도 미소를 잃지 않는 부드러운 표정과 예의를 갖춘 부드러운 말씨. 영우가 오년 만에 서울에 와 머물다 간 것이 불과 석 달 전의 일이었다. 그때에도 그는 그녀에 대해 한 마디도 하지 않았다. 그리고 한 달이면 두어 통씩 오가는 편지글 어디에도 그녀는 없었다. 그런데 그녀는 마치 삼 년, 아니 십 년은 함께 살아온 부부처럼 그에 대해 잘 알고 있는 듯했다. 그녀의 여유로움은 자신감으로 비쳤다. 그녀의 자신감에 비하면 나의 감정 상태는 치졸하기 짝이 없었다. 그녀에게 질투심마저 일려고 했다. 나는 자칫 실수로 빠져든 함정처럼 뜻하지 않게 깊어지려는 그녀에 대

한 의혹을 털어내며 폭포처럼 쏟아지는 물줄기에 온몸을
내맡겼다.

〈음―, 음―, 음―, 마아, 마아. 음마아〉

뿌옇게 김이 서린 창문 틈새로 희미하게 다시 소리가
들렸다. 소리를 잘 듣기 위해 샤워기 꼭지를 잠시 눌렀
다. 숨을 죽이고 귀를 기울였다. 아무 소리도 들리지 않
았다. 다시 샤워기 꼭지를 올리고 물줄기 속에 가만히
서 있었다. 그러자 이번에는 전화벨이 울렸다. 전화벨은
시계침 소리로 변하더니 육중한 괘종 소리를 만들어냈
다. 물소리도 가끔 중국 고양이처럼 소리를 꾸며내는 모
양이었다.

5

커피 메이커로 커피를 내려 마신 뒤 추위에 대비해 옷
을 잘 갖춰 입고 배낭을 메고 밖으로 나왔다. 비록 고장
나 제 구실을 못하고 있는 시계지만 주머니에 챙겨넣었
다. 시계와 티브이며 카세트 라디오 따위의 소리 나는
물건만 없을 뿐이지 나 혼자 기거하기에 불편함이 없도
록 있을 것은 거의 다 갖추어져 있었다. 문을 닫고 나오
면서 차라리 그런 기기들과의 단절이 더 나을 수도 있다

는 생각이 들었다. 여기에 온 이상 나는 현실로부터 어느 정도 거리를 두고 있는 것만은 사실이었다. 일상의 시간 따위는 내게 그리 중요하지 않았다. 그런데도 아침 내내 나는 정확한 시간을 몰라 금단 현상에서 깨어난 환자처럼 불안해했다. 애써 불안을 잠식시키기 위해 긴장을 고조시키는 것보다는 차라리 요즈음 나에게 일어나고 있는 시계를 중심으로 한 사소한 장애들을 들여다보고 이해하는 편이 더 현명한 일인지도 몰랐다. 혹 산책을 해보면, 아니 숲속을 거닐면 시간의 마술에서 풀려날 수 있을지도 몰랐다. 내가 묵고 있는 건물의 생김새도 알아볼 겸, 또 이 건물이 위치한 마을의 윤곽도 살펴볼 겸 밖으로 나왔다.

건물 어디에도 시계는 보이지 않았다.

6

내 몸에 부착된 시계가 문제를 일으키기 시작한 것은 출국 사흘 전부터였다. 파리에서 만날 엘렌느 부인과 그녀의 가족에게 줄 간단한 선물을 사느라 백화점에 들른 김에 귀금속 코너가 눈에 띄길래 그 동안 주로 핸드백 속에 넣어가지고 다니던 시계를 꺼내 맡겼다.

「스위스제군요. 예물 시곈가 보죠?」

시계 뒷면의 라벨을 읽으며 시계점 사내가 물었다.

「네, 잘 차지 않아서 그런지 요즘 가다 말다 해요. 고치는 데 시간이 걸리지 않았으면 하는데……」

시계점 사내가 뒷뚜껑을 분리해 내려는 것을 보고는 나는 뜻하지 않게 시계로 인해 시간이 걸릴까 봐 조바심이 났다. 백화점 쇼핑을 즐기는 편이 아니라 몇 가지 물건을 고르는 데도 피로해져서 어서 이 공간을 뜨고만 싶었다.

「먼지가 많이 들어가서 그래요. 꽤 값이 나가는 시곈데 홀대를 하셨군요. 사람이나 물건이나 손 가까이 마음 쓰지 않으면 제 구실을 못하게 마련이죠. 이런 시계는 이삼 년에 한 번은 청소를 해줘야 하는데. 언제 해줬죠?」

나는 시계점 사내가 내 의표를 찌른 듯 뜨끔해졌다. 그의 시선이 마치 나의 온전치 못한 사생활을 훤히 꿰뚫고 있는 것만 같았다. 나는 밖에 나갔다 집에 들어오거나 사무실 또는 커피 숍 같은 데에 들어가면 꼭 손목에 감긴 시계를 풀어놓곤 했다. 어쩌다가 미처 시계를 끄를 새가 없어 손목에 채여 있는 경우도 있지만 그럴 경우 내내 소화 불량에 걸린 듯이 무언가 거북하고 불편했다. 그러다 보니 시계를 잘 놓고 다니기도 했고 그러던 중에

왕왕 잃어버리는 일도 있었다. 그러나 결혼 예물 시계만큼은 잃어버리지 않으려고 각별히 신경을 썼고, 나중에는 시계에 신경쓰는 것이 피곤해져서 아예 백 속에 넣어 가지고 다녔다.

「글쎄, 청소할 생각은 하지도 않았는데. 청소하는 데 시간이 많이 걸리나요?」

내가 말끝마다 시간 시간 하는 게 귀에 거슬렸던지 시계점 사내는 얄쌍하게 생긴 금테 안경 너머로 내 얼굴을 건너다보며 빙그레 웃으며 말했다.

「시간이 없나 보죠? 많이 바쁘신가 봐요」

그와 마찬가지로 나 역시 말끝마다 시간 시간 하는 나 자신을 보고 있었다. 나는 얼굴을 붉히며 시계를 달라는 듯이 손을 내밀었다.

「맡기시면 사흘 후에나 찾으실 수 있을 겁니다」

시계점 사내는 끝까지 친절을 잃지 않으며 시계를 거두어 내게 건네주었다. 나는 안방 화장대 서랍에 풀어보지도 않고 포장 상태로 그대로 넣어둔 여분의 시계를 머릿속으로 뒤지며 고개를 저었다. 사흘 후라면 나는 파리에 있을 거였다.

7

　다음날이었다. 국제 면허증을 교부받기 위해 국방대학원 뒤쪽에 있는 면허 시험장에 다녀오는 길에 시계방에 들렀다. 시계방은 면허 시험장을 나와 두 갈래로 나누어지는 길 중 일방 통행로로 진입하기 전 우측에 있었다. 시계방을 포함한 그 일대의 슬래브 집들은 난지도를 코앞에 두고 있어서 행정 구역상은 서울시였지만 오랫동안 개발 제한 구역으로 묶여 버려진 마을처럼 사시사철 뿌연 먼지를 뒤집어쓰고 있었다. 전방 이십 미터쯤에서 시계방 간판이 눈에 들어왔다. 그때까지 나는 거기에 들를 생각이 전혀 없었는데 〈해시계〉라는 간판을 지나치면서 급격히 속도를 늦췄다. 집을 나오면서 가방에 넣어온 시계 생각이 났던 것이었다. 떡 본 김에 제사 지낸다고 번거롭게 다시 백화점에 들고나느니 여기서 해결하고 가는 편이 시간도 절약되고 낫다 싶었다. 어제 백화점에서 돌아온 후 새 케이스에서 시계를 꺼냈는데 그것 역시 제 구실을 못했다. 화장대 서랍에 삼 년째 고이 모셔져 있었으니 그럴 만도 했다. 밥을 주고 시간을 맞춘 후 손목에 차고 있어 보았지만 한 시간쯤 가면 멈추고 멈추고 했다. 약이 다 닳았나 보았다. 남성용이기는 했지만 갈색 가죽줄이 마음에 들어 시계점에서 약만 채워주면 당장이라도 차고 다녀도 손색이 없었다. 디자인도 디자인이었지만 남성용이든 여성용이든 아무려면 어떠냐, 시간만 알아보면 됐지 하는 생각이 더 컸다. 뒤에 차가 오지 않는 것을 확인한 후 후진해서 차를 세우고 시계방으로 들어섰다.

「삼천오백 원만 내슈」

시계방 할아버지는 약을 갈아끼우고 나서 굵은 돋보기 안경을 벗었다.

「이상 없겠죠?」

지갑에서 오천 원짜리 지폐를 꺼내 시계방 할아버지한테 건네주며 내가 물었다.

「이상은? 아, 새 시계라면서요?」

할아버지는 물을 것도 없는 것을 묻는다는 듯 한 손으로 굵은 뿔테 안경을 눈에 얹고는 눈동자에 힘을 주며 안경 너머로 나를 쳐다보았다. 할아버지는 마치 내가 당신의 기술을 믿지 못해 되묻는 게 아닌가 시큰둥해진 모양이었다.

「아니 제가 멀리 떠나는데 혹 시계가 다시 멈춰 서기라도 하면 어쩌나 해서 그러지요」

나는 할아버지의 오해를 풀어드리기 위해서 한마디 더 했다. 역시 쓸데없는 말이었다.

「아무렴? 별나라에 가나, 달나라에 가나. 가봤자 해

아래 시간 안이지 뭐. 사람 사는 데면 다 그런 거 아닌 가벼?」

혼자말처럼 허술하게 지껄인 말이기는 하나 듣고 보니 할아버지가 옳았다.

「그렇네요. 할아버지 말씀이 맞으세요」

나는 거스름돈을 챙겨넣고 시계를 손목에 찬 후 시동을 걸고 힘차게 액셀러레이터를 밟으며 일방 통행로를 빠져나왔다.

8

먼지 낀 결혼 시계를 백에 그대로 넣어둔 채 배낭을 메고 비행기에 올랐다. 비행기는 시속 822킬로로 만 미터 상공을 날았다. 시속의 단위로 묶인 이상 날았다는 표현보다는 달렸다는 표현이 더 적확했다. 이륙 후 목적지까지의 소요 시간 열한 시간 중 절반의 시간이 흘렀을 때, 나는 문득 손목에 채워져 있는 시계를 들여다보았다. 정상적으로 시계가 작동했다면 시침과 분침은 여섯 시 삼십분을 가리키고 있어야 했다. 그런데 시계는 내가 비행기를 탄 직후 나온 적포도주에 정신이 혼미해질 때 보아두었던 두시 어름에서 진전이 되지 않은 채 가다 말다 하고 있었다. 나는 길게 드러눕듯 기울어진 등받이 의자에서 황급히 등을 떼고 몸을 곧추세웠다. 그리고 기내 대형 스크린을 주시했다. 스크린에는 빨간 줄화살표로 지금까지 비행기가 나아간 허공의 길을 표시하고 있었다. 서울을 지나 북경을 거쳐 우랄 산맥을 통과하고 있었다. 곧 출발지 시각과 목적지 시각이 동시에 표시될 것이었다. 나는 손목에서 시계를 풀어 항의하듯 세차게 흔들어대다가 배낭 주머니 속에 처넣어버렸다. 그때부터 내 머릿속은 마비되어 버린 시계를 대신해서 시간에 대해 예민하게 반응했다. 착륙을 알리는 기내 방송이 나오고 사람들은 일제히 손목에서 시계를 풀어 일곱 시간 뒤로 시침을 옮겼다. 기내 창문으로 내다본 파리는 어둠이 내리지 않은 저녁 여섯시 삼십분이었다.

9

「독일은 처음이라면서 괜찮겠어요? 하긴 친구가 역으로 마중 나온다고 했으니 문제는 없을 테죠」
　엘렌느 여사는 굳이 사양하는 나를 파리 동역까지 태워다주고는 그래도 안심이 되지 않았는지 기차 안까지 따라들어와서는 좌석 번호와 상태를 점검하고 나서야 내

뺨에 비주(키스)를 하고 내려갔다. 비지니스용 테이블 좌석에 엘렌느 여사가 안겨준 자료 페이퍼를 올려놓고 꺼지듯이 의자에 몸을 묻었다. 말로는 긴 열차 여행 시간 동안 훑어보겠노라고 했지만 넓은 창가에 자리를 잡고 앉으니 페이퍼에 손가락을 대기는커녕 쳐다보기도 싫었다. 잘 먹고 자란 짐승의 살진 등거죽처럼 포근하고 부드러운 대지 위의 풍광을 바라보다가 지치면 그대로 잠들고 싶었다. 파리에 온 이후 제대로 먹지 않아 뱃속은 늘 비어 있었다. 뱃거죽이 쭉정이처럼 등거죽에 늘어붙어 있었지만 도무지 음식을 봐도 먹어지질 않았다. 엘렌느 여사나 그의 가족들에게는 식사 때마다 내가 소식가임을 강조했지만 정작 밤이 되면 허기로 잠을 이룰 수가 없었다. 서울에서도 먹는 데 문제가 없었던 것은 아니었다. 그러나 서울에서는 좀체로 허기를 느끼지 않았다. 잠도 숙면은 아니지만 그럭저럭 잤다. 영우에게 가더라도 잠이든 허기든 어느 것 한 가지라도 해결되어야 했다. 그렇지 않다면 나는 하루도 못 견디고 그곳을 떠나야 할지도 몰랐다. 그렇지만 어디로? 칠레나 북극으로?

「경은 씨, 한 가지 조심할 게 있어요」

간 줄 알았던 엘렌느 여사가 어느새 내 옆에 와서 나를 깨웠다. 차창 유리로 나를 부르다가 결국은 다시 기차 안으로 들어온 모양이었다.

「스트라스부르에서 기차가 나누어지거든요. 레스토랑을 가운데 두고 이쪽은 프랑스 열차 반대쪽은 독일 열차예요. 그러니 스트라스부르에 도착하거든 레스토랑 건너편 열차로 가야 해요. 그걸 깜빡하면 오늘 독일에 못 가요. 알았죠?」

나는 애써 설명하는 엘렌느 여사의 말은 뒷전으로 하고 각별히 마음 써주는 그녀가 고마워 코끝이 시큰해졌다.

「잘 알았어요. 그런데 엘렌느, 혹 집에 여분의 시계가 있나요?」

엘렌느는 축축해진 내 눈동자를 들여다보다가 무슨 말인가 싶어 눈을 동그랗게 뜨고는 다음 말을 기다렸다.

「사실은 가지고 온 시계가 고장이 나서 기차가 연착이라도 하면 정확한 시간을 몰라 당황할 것 같아요. 임시로 싸구려라도 사려고 했는데 파리에서 시간이 여의치 않았어요」

설마했는데 엘렌느 여사는 메고 있던 핸드백을 열더니 끈 떨어진 시계를 꺼내 주었다.

「경은씨 이거라도 가지고 갈래요? 다니는 길에 기회를 봐서 수리를 하려고 넣어 다녔는데, 시간은 잘 맞을 거예요」

나는 엘렌느 여사가 건네주는 시계를 고맙게 받아들었

다. 검정 가죽끈에 감청색 수정 유리로 디자인된 샤넬 시계였다. 비주 대신 손을 흔들어 다시 한번 작별을 한 후, 잠깐잠깐 들여다보기 좋게 햇빛이 잘 드는 창가 쪽에 시계를 올려놓았다.

10

파리로 돌아오기 전에 탐독해야 할 페이퍼에는 눈길도 주지 않은 채 해의 이동 거리를 관찰이라도 하듯 창가에 머리를 비스듬히 기댄 채 스트라스부르에 이르렀다. 해거름이 이어지는 언덕 너머 간간이 펼쳐지는 마을들과 들녘, 넘칠 듯이 흐르는 강의 물결까지 붉은 기운으로 감싸고 있었다. 열차가 스트라스부르 역에 정차하는 동안 나는 창밖으로 내리고 타려는 사람들을 물끄러미 내다보았다. 타려는 사람들이 열차 앞쪽으로 쏠리듯 이동해 갔다. 그때 문득 엘렌느가 주지시켰던 말이 떠올랐다.

〈경은 씨, 스트라스부르에서 레스토랑 칸 앞쪽으로 옮겨가야 하는 것 잊지 마세요〉

나는 서둘러 테이블 위의 물건들을 챙겨 배낭을 메며 시계를 들여다보았다. 한시 사십분에 출발했는데 시계는 다섯시 십오분을 가리키고 있었다. 그것은 스트라스부르 전역인 낭시 역에서 점검했던 시간에서 얼마 경과하지 않은 시각이었다. 열차 시각표를 꺼내 정확한 시간을 알아보아야 했으나 그러는 사이 기차가 떠나버릴 것 같은 위기감에 몰려 뛰다시피 독일 열차 칸으로 걸어갔다. 내가 타고 있던 프랑스 열차 일등칸은 진행 방향 반대편 끝에 있어서 독일 열차 일등칸인 레스토랑칸 다음 칸까지 가는 데는 꽤 멀었다. 등에 진 배낭이며 양손으로 겨우 들어올린 여행 가방의 무게도 무게려니와 여유롭게 늘어져 있다가 일순간 쫓기는 상황에 처하자 실제 거리보다 더 멀게 느껴졌는지도 몰랐다. 등골이 휘어지도록 부지런히 걸으면서도 내 머릿속은 되풀이해서 계속 문제를 일으키고 있는 시계에 대한 생각으로 꽉차 있었다. 꼭 시계가 나를 가지고 희롱하는 것만 같았다. 열차 시각표에 의하면 스트라스부르 역에 정차하는 시각은 다섯시 사십분이어야 했다. 겨우 레스토랑 칸에 다다라서 통로에 가방을 내려놓고 허리를 펴며 한숨을 돌렸다. 목구멍이 찢어질 듯이 갈증이 났다. 이동에 신속하지 못한 다리로 속도를 밀어붙이다 망가진 투구게처럼 참담한 기분이었다. 참담함 속에 노여움이 솟았다. 아이 아빠와 헤어지며 속겉 할 것 없이 망가질 대로 망가진 나였다. 처음의 의지와는 딴판으로 찢기고 뒤틀린 현실로부터,

그 현실이 거듭 얹어준 노여움과 비참함으로부터 벗어나는데 이 년이란 세월이 필요했다. 그것도 모자라 나는 모국을 떠나고 싶었다. 잠 안 오는 밤이면 각국의 여행 안내서를 펼쳐놓고 발 붙일 데를 기웃거렸다. 그때 마침 모 문화 재단에서 유럽 각국에서 운영하고 있는 〈작가의 집〉에 대한 취재를 의뢰해 왔다. 나는 프랑스와 독일의 경우를 모델로 제시하기로 하고 청탁을 수락했다. 떠날 준비를 하면서 지난 봄 영우가 돌아가면서 찔러준 말이 뇌리 속에 박혀 있다가 주사위가 공중으로 튕겨나가듯 불쑥 떠올랐다.

〈갑갑해하지만 말고 주변을 정리하고 공간을 움직여봐라〉

영우는 돌아가서도 내가 마음에 걸렸던지 곧바로 짤막하게 편지를 보내왔다.

무엇을 버리지 못해서, 무엇에 얽매여서, 너는 너를 떠나지 못하는 거니. 낯선 곳에서 호흡을 하는 기회를 가져봐라. 네게 편안함을 줄 수 있는 곳을 찾아봐라. 여기도 좋고, 아니면 그 어디라도 좋으니 너의 몸을 이동해 봐라. 그곳이 어디일까. 어디에서 너는 잠시라도 편안히 머무를 수 있을까. 난 희망하는데 떠오르는 그 어떤 안식처가 없다. 난 너에게 편안함을 줄 수 있는 친구이고 싶다. 이 땅에서 너를 다시 볼 수 있을까?

　그러나 나는 그에게 금방 답장을 보낼 수 없었다. 한 동안 더 나는 내 의지대로 어찌할 수 없는 세월을 살아야 할 것만 같았다. 헤어지는 과정에서 닥친 남편의 죽음을 나는 어떤 세월로도 감당할 수 없을 것 같았다. 차라리 남편이 교통 사고로 죽지 않고 다른 여자와 새 삶을 꾸려 잘살고 있다면 나는 좀더 빨리 그에게서 벗어날 수 있었을 것이다. 그러나 남편은 내게 할 수 있는 가장 잔인한 방법으로 나를 떠나고 말았다. 그의 죽음은 내가 아무리 발버둥쳐도 벗어날 수 없는 천형이란 불도장을 가슴 한복판에 찍어놓았다. 그런데 떠나기로 작정을 하자 내게 내려진 천형이란 나 스스로를 옭아매고 있는 천형이라는 생각 자체였다. 천형이란 어쩌면 벗어서 들여다보면 아무것도 없는 신발 속 같은 것인지도 몰랐다. 나는 오랫동안 잠자고 있던 컴퓨터를 켰다.

　비가 온다. 벌써 사흘째. 아이도 잠들고, 앞뒷집 창가의 불도 다 꺼지고, 나는 오래 어둠 속에 앉아 빗소리를 듣는다. 세상은 빗소리에 전부를 내주고, 나는 세상이 내준 빗소리에 내 마음 전부를 내준다. 네가 떠날 무렵, 그리고도 석 달여, 난 나를, 내게 주어진 상황을 몹시 힘겨워했지.

한동안을 더 나는 내 의지대로 어찌할 수 없는 세월을 살아야 할지도 모른다는 분명한 생각에 치를 떨기도 했지. 그러나 빗속에서 네게 편지를 쓰는 지금, 내 마음은 어느 정도 평정이 됐다. 이 비 그치고, 일이 탈없이 진행되면 나는 네가 있는 그곳으로 잠시 갈 수도 있을 것 같다. 그곳에서 낯선 사람들이 살고 있는 낯선 도시들의 오래된 골목들을 걷고 싶기도 하다. 육 년 전인가 암스테르담에서 알프스로 가는 야간 열차 속에서 차창 밖으로 내다보았던 검푸른 땅, 그 땅을 밟아보고 싶기도 하다. 칠 일짜리 유레일 패스를 배낭에 넣어 가보지 못한 땅 여기저기를 달려보고 싶다. 하루 종일 레일을 따라 시시각각 바뀌는 창 밖 풍경에 넋을 걸고……

나는 프린터에서 쑤욱 뽑아져 나오는 편지를 집어들면서 마치 쏘아 올린 주사위가 암담하기만 한 내게 어떤 희망의 메시지를 선사할지도 모른다는 예감이 들었다. 그래 영우의 말대로 몸을 이동해 보자. 할 수만 있다면 몸도 말도 완전히 바꾸고 싶었다. 그렇게 마음먹으니 일은 별 무리 없이 진행되었다. 그런데 정작 이동하면서 계속해서 시계 장애에 부닥치다 보니 나중에는 그것이 무슨 암시처럼 여겨졌다. 난데없이 내 신상에 분탕질을 치고 있는 시계와의 불화를 그저 우연의 연속으로만 생

각할 일이 아니었다. 그러나 딱히 무슨 대책이 있는 것
도 아니었다. 나는 착잡한 기분으로 이마에 맺힌 땀을
훔으며 통로 끝에 있는 독일칸 문을 노려보았다. 알통이
불끈 솟도록 힘껏 가방끈을 움켜쥐고 지정칸을 향해 나
아갔다. 내 흥분의 정체가 표정에 나타나 있기라도 한
양 통로 양옆에 놓인 테이블에 앉았던 사람들이 곁을 지
나갈 때마다 눈자위를 확장시키며 나를 쳐다보았다. 지
정칸의 문고리를 잡아당기며 나는 몸에 남아 있던 최소
한의 힘마저 주욱주욱 빠져나가는 것을 마치 소리처럼
듣고 있었다.

11

　건물 밖으로 나오니 안에서 생각했던 것만큼 바람이
차갑고 매섭지만은 않았다. 그러나 구월 치고는 하늘이
너무 음산했고 공기가 매우 싸늘했다. 차라리 십일월 초
겨울 날씨에 가까웠다. 숲에 갈 생각이었다. 검은 숲에
들고 싶었다. 건물 입구를 빠져나오며 아이 울음소리가
들렸던 욕실 창 쪽으로 고개를 돌렸다. 욕실 바로 우측
으로 복도가 나 있었다. 복도를 따라 세 가구가 살고 있
는 모양이었다. 거리를 두고 다시 뒤돌아 바라보니 건물

은 ㅜ모양으로 지어진 오층짜리 아파트였다. 내가 묵고 있는 곳은 오른쪽과 왼쪽, 그리고 입구 쪽으로부터 안쪽으로 통하는 중심 한가운데였다. 숲으로 이어지는 방향이 어느 쪽인지 모른 채 길이 이어지는 대로 걸었다. 가다가 공중전화기가 눈에 보이면 아이 목소리를 듣고 싶었다. 빵집이 보이면 빵도 사고 싶었다. 그런데 보이는 건물 마다 간판이 잘 드러나 있지 않아서, 또 있어도 무슨 뜻인지 몰라서 뭐가 어디에 있는지 알아보기가 힘들었다. 오가는 사람들도 눈에 띄지 않고, 바람만 축축한 나뭇가지를 흔들며 지나갈 뿐 사람 사는 곳 같지가 않았다. 도시 전체가 대학 캠퍼스라는 영우의 말과는 달리 나무숲 사이사이 솟은 몇 채의 건물들은 미적인 구석이라고는 찾아볼 수 없는 독일식 아파트였다. 기숙사인 것도 같았는데 튼튼하게 보이기는 했으나 재색 혹은 짙은 감청색으로 페인트 칠을 해서 차갑고 무겁게 느껴졌다. 차갑고 우중충한 기분이 깊어지면서 허기를 불러왔다. 잊혀진 사실처럼 무감각해져 있던 뱃속에 허기가 도지자 한 발짝도 더는 앞으로 나아갈 수 없었다. 나올 때 마음과는 다르게 숲에 이르지도 못하고 여기서 돌아서버리고 싶었다. 파리로, 아니 서울로 돌아가버리고만 싶었다. 영우를 보지도 않고.

12

「산책 다녀오세요?」

문을 열고 들어서자 유진이 반갑게 나를 맞았다.

「어제 인사도 못했어요. 미안해요」

나는 멀리 다녀온 사람처럼 배낭을 바닥에 내려놓고 창 쪽 탁자로 갔다.

「아니에요. 잠드신 모습을 보고 있으니까 이상한 생각이 들었어요」

지난밤 그녀 앞에서 감쪽같이 잠에 빠져든 것이 도둑 키스라도 당한 것처럼 떨떠름했다.

「이상한 생각이란?」

나는 겸연쩍음을 안으로 눙치며 유진을 빤히 쳐다보았다.

「제가 일곱 살 때 자동차 사고로 죽은 언니가 있었지요. 저보다 다섯 살 위였으니까 지금 살았다면……」

유진은 말을 잇지 못하고 고개를 떨구었다. 언니의 얼굴이 나와 닮았다는 것인지, 누구든지 나 또래의 여자를 보면 언니 생각이 난다는 것인지 알 수 없었으나 나는 죽은 그녀 언니의 모습이 내 위에 얹혀져 있는 것처럼 얼떨떨했다. 나는 뭐라 선뜻 말을 꺼낼 수 없어 잠시 침묵하다가 입을 열었다.

「그랬군요. 음, 우리 차 한잔 할까요? 숲으로 가는 길을 찾다가 중간에 들어왔어요. 뭣 좀 먹고 함께 나가죠. 진짜 검은 숲을 보고 싶어요」

나는 유진의 어깨에 손을 얹어 두어 번 힘을 준 후 자리에서 일어나려고 했다. 그러자 그녀가 고개를 쳐들고 간절한 눈빛으로 내 손을 되잡았다.

「저 때문이었어요. 도로로 굴러가는 공을 주우러 가는 저를 살리려다가 그만……」

나는 유진의 손을 잡고 다시 그 자리에 가만히 앉았다. 그리고 얼마간 두 손을 잡은 채 그대로 있었다. 만난 지 하루밖에 되지 않은 나에게 해묵은 상처를 고백하는 그녀를 어떻게 받아들여야 할지 난감했다. 조금 전까지도 허기로 쓰러질 것 같았는데 지금은 어느 정도 무감각해져 있었다. 도대체 몇 시쯤이나 되었는지 궁금했으나 그녀가 다시 말을 꺼내는 것을 자르지 못해 입을 다물었다.

「영우 선배를 본 것은 이 년 전 쾰른에서였어요. 랭귀지 코스를 받다가 얼굴만 스친 정도였고 코스 후에는 주욱 모른 채 지냈어요. 전 학부에서 독문학을 전공했는데 이곳 대학의 의학부에서 받아준다고 해서 지난 유월 이곳으로 내려오게 되었죠. 두 개의 가방이 전부인 짐을 양손에 들고 역에 내렸을 때는 처음 의지와는 달리 막막

함뿐이었어요. 그런데 며칠 후 캠퍼스에서 우연히 영우 선배를 만났지요. 여기가 워낙 좁은 데이기도 하지만 한국 학생이라고는 통틀어 두세 명밖에 되지 않는데, 그중에 영우 선배와 제가 있다고 하니 우연이라고 할 수만은 없다는 생각이 들더군요」

나는 유진의 말을 잠자코 듣고 있다가 일어나 두 손으로 양어깨를 가볍게 눌러준 후 차를 끓이기 위해 부엌으로 갔다. 찻물을 끓이다가 미치도록 라면이 먹고 싶어졌다. 맵고 뜨겁고 얼큰한 국물 생각이 간절했다. 싱크대를 뒤져보니 다행히 위쪽 찬장 안에 라면이 눈에 띄었다.

「유진 씨, 라면 좋아해요? 사실 내 뱃속은 며칠째 빈 사상태거든」

라면을 쟁반에 얹어 안으로 들어서려고 하는데 그녀가 가려는 기색으로 주춤거리고 탁자 옆에 서 있었다.

「제가 괜한 말을 해서 불편하게 해드린 것 같아요」

나는 들고 있던 쟁반을 탁자에 내려놓지도 못한 채 그녀에게 눈짓으로 의자를 가리켰다.

「아니에요. 우리 우선 먹고 천천히 얘기해요」

나는 애써 싹싹함을 과장하며 유진의 마음을 편히 해주려고 했다. 그녀를 앉히고 내가 먼저 김이 모락모락 퍼지는 라면에 젓가락을 댔다. 내가 면을 다 먹고 국물을 들이켤 때까지 그녀는 거의 먹지 않았다. 나는 자기도 모

르게 터져나온 고백에 대한 쑥스러움으로 그러려니 아무
말도 하지 않고 거뜬히 라면 한 사발을 해치웠다. 세상에
라면이 그렇게 맛있는 음식인 줄 그때까지 몰랐었다.

13

　방 안은 푸르스름한 빛이 감돌고 있었다. 잠자리에 들
면서 어제 아침처럼 속지 않기 위해 블라인드를 완전히
내리지 않았다. 그러나 어제와 마찬가지로 몇 시나 되었
는지 알 수는 없었다. 유진과 함께 있는 동안에 시간을
물은 적이 없었다. 머릿속은 끊임없이 시간에 시달리고
있었으나 시간을 물어볼라치면 꼭 딴 상황이 끼여들었
다. 하긴 뚜렷한 일이 있다거나 약속이 있는 것도 아니
니 시간이 그리 중요한 것도 아니었다. 그보다는 그야말
로 하늘을 가린 거목들이 옆으로 위로 끝도 없이 뒤덮고
있는 숲에서는 시간 개념 자체가 허물어지게끔 되어 있
었다. 어제 숲을 빠져나오며 길을 잃지 않고 되돌아올
수 있었다는 것만 해도 다행이었다는 생각이 들었다.
　「제가 뒤따를게요」
　삼십 분쯤이나 걸어들어왔는지 길이 좁아지자 유진이
나를 앞세웠다. 나는 모양을 종잡을 수 없이 하늘 높이

치솟은 거대한 나무들에 눈을 빼앗긴 채 고개를 위로 치켜들고 걸었다. 해가 통과되지 않는 숲길은 물기가 서려 축축했고 나무 기둥들 사이사이 서린 습기 때문인지, 위로 솟은 만큼 땅 밑으로 뻗은 뿌리의 기세 때문인지 상쾌하기는 했지만 자주 현기증이 났다. 현기증이 몸을 감쌀 때마다 멈춰 서서 숨을 크게 들이쉬었다. 유진은 가능한 한 체온을 뺏기지 않으려는 듯 두 손을 옷소매에 엇갈려 꼭 낀 채 말없이 뒤따랐다. 처음 몇 마디 오가다가 그마저 끊기고 두 사람의 발소리만 숲속 공기를 가만히 흔들고 있었다.

「영우 선배를 콘스탄츠로 보낸 것은 저예요」

두 사람의 발소리에 실린 일정한 리듬감을 귀에 심으며 걷고 있던 나는 유진의 말에 일순 멈추고 돌아설 뻔했다. 그러나 숲만큼이나 젖어 있는 유진의 목소리에 그대로 앞으로 나아갔다.

「제 컴퓨터가 고장나 영우 선배의 프린터기로 리포트를 뽑기 위해 오빠가 준 열쇠로 문을 열고 방에 들어갔는데 그때 마침 전화기에 메시지가 녹음되고 있었어요. 처음엔 그럴 생각이 아니었는데, 저도 모르게 메시지를 지워버렸어요」

유진이 입을 열기 전까지 나는 두터운 숲속의 한기에도 불구하고 운동 후 땀이 날 때처럼 몸에 훈기가 돌고 있었다. 그러나 유진의 말을 듣는 짧은 동안 내 몸의 열기가 식어가는 것을 확연히 느낄 수 있었다.

「죄송해요. 그렇지만 영우 선배는 제게 유일한 사람이에요」

나는 유진이 무슨 말을 해도 가던 발걸음대로 끝까지 걸어가리라 마음먹었다.

「이곳에 오기까지 전 아는 사람이 아무도 없었어요. 한국에서도 마찬가지였죠. 일곱 살 이후로 친구를 가져본 적이 없어요. 편두통이 유일한 저의 친구였죠. 누구에게 미련이 없으니 더 일찍 여기로 떠나올 수 있었는지도 모르죠. 영우 선배를 만나면서 알게 되었어요. 제가 얼마나 비정상적으로 살아왔는지를. 얼마나 끔찍히 사람을 피해왔는지를……」

마음속으로 걸음을 멈추지 않겠다고 안간힘을 썼지만 유진의 말끝이 흐려지자 나도 모르게 그 자리에 섰다. 유진도 따라 섰다. 서긴 섰지만 나는 뒤돌아보지는 않을 것이었다. 나는 걷지 않은 길을 보이는 데까지 바라보았다. 유진이 소리없이 울음을 삼키고 있는 듯했다. 나는 속에서 뜨겁게 올라오는 기운을 거세게 움켜 잡으며 숨을 몰아 쉬었다. 돌아서서 유진을 가슴에 품어주고 싶었다. 그러나 나는 발 앞에 놓인 길을 다시 걷기 시작했다. 유진도 따라 걸었다.

14

「시계?」

　내가 손가락으로 유리창 안의 회중 시계를 가리키자 주인 사내가 영어로 다시 물었다. 슈투트가르트 역에서 파리행 기차를 기다리며 역내에 있는 선물 가게에 들어가 구경하는데 은빛 회중 시계가 눈에 띈 것이었다. 나는 주인이 건네주는 회중 시계를 조심스럽게 받아들며 짧은 영어로 작동법을 물었다.

　「매일 밥 주는 것만 잊지 않는다면 언제까지라도 이상 없을 거요」

　나는 주인 사내의 말에 빙긋이 웃음이 나왔다. 회중 시계라면 19세기 댄디들의 초상화나 20세기 초 흑백 영화 속에서 보았을 뿐 나와는 아무 상관 없는 골동품에 지나지 않았다. 밥을 주면 가고 밥 주는 것을 깜박 잊으면 가지 않는, 가장 단순한 기능을 갖춘, 그럼으로써 가장 완벽한 구실을 할 수 있는 구시대의 시계. 결국 나는 이것을 얻기 위해 이곳에 왔단 말인가. 웃음이 나오지 않을 수 없었다. 시계를 손에 넣자 허기로 희미해질 대로 희미해졌던 눈동자에 힘이 들어가듯 주위의 사물들이 시원하게 눈에 잡혔다. 나는 잘 닦인 창유리 너머로 처음 세상을 구경하는 아이처럼 신기해서 계산을 할 생각도 않고 회중 시계를 들여다보고만 있었다. 한 순간 한 순간 시간을 옮겨 나르는 시침과 분침의 움직임에 눈길을 빼앗기고 있는 중에 유진의 젖은 눈이 불쑥 되살아났다. 그러고 보니 회중 시계가 유진의 큰 눈을 닮은 듯했다. 나는 조개처럼 열려져 있던 회중 시계의 뚜껑을 눈을 감기우듯 꾹 눌러 닫았다. 한마디 메모도 남겨놓지 않은 채 숙소를 빠져나온 것이 못내 마음에 걸렸다. 계산을 치르고 가게를 나와 역내 코너에 있는 공중전화기 부스 쪽으로 걸어갔다. 전화기를 들고 번호를 누르려는데 유진의 번호를 모르고 있다는 사실을 뒤늦게 깨달았다. 한다면, 나는 그녀에게 뭐라고 할 수 있었을까. 공중전화기 부스에서 멀어지며 나는 이방인들로 북적이는 대도시의 역사를 오래 두리번거렸다.

15

숲은, 검은 숲은, 어쩌면 이 세상에 없는지도 몰랐다.

《동서문학》 1998년 겨울호

호수 저쪽

1

　파리, 샤를르 드골 공항에 내릴 때까지 여자가 알고 있는 프랑스 말이라고는 겨우 몇 마디뿐이었다. 봉쥴. 메르시 보쿠. 아듀. 모두 신촌의 여자 대학 앞에서 보았던 이름들이었다. 여자는 그 대학 출신은 아니었지만 남편을 만난 십 년 전부터, 그리고 그를 만났던 삼 년 전까지도 한 달에 한 번은 머리를 하러 그 앞에 가곤 했다. 헤어 디자이너가 권하는 스타일로 모양을 바꾸고 뷰티 숍에서 나오면 왠지 처녀로 돌아간 것 같은, 그날만은 젊음의 거리인 그 속의 주인으로 손색이 없다는 미감

(美感)에 자신이 생겨서 저녁이 될 때까지, 심지어 늦은 밤까지, 북디자이너로 직장 생활을 하다 뒤늦게 그 대학 대학원에 들어간 후배와 골목골목 기웃거리며 집으로 돌아갈 생각을 하지 않았다.

봉쥴(다방), 메르시 보쿠(보세점), 아듀(가방 가게). 근래 들어 다방이라는 데를 찾아보기도 쉬운 일이 아니었지만, 글자체부터 어감까지 어디 한 구석 세련되었다고 할 수 없는, 게다가 프랑스 말 치고 너무나 한국적 뽕짝 냄새가 나는 봉쥴이라는 다방은 지하 전철역을 빠져나오면서 고개를 쳐들면 자연스레 마주치는 건물의 2층 유리에 코팅되어 있었다. 아듀 가방은 전철역에서 그 학교 쪽으로 죽 걸어 내려오다가 중간쯤 제화점들이 모여 있는 코너에 혹처럼 붙어 있었는데, 여자는 그 앞을 지날 때마다 아듀를 안 돼로 인지했다. 왜 가방 가게에 그런 이름이 붙었는지 한두 번 의아해한 적도 있었지만, 엇박자 식으로, 의미 탈피 또는 의미 무관을 겨냥한 시선 끌기 간판들이 많다 보니 그것만이 이상한 것도 아니었다. 메르시 보쿠. 그 학교 정문 앞 코너에 있던 그 보세점에서 여자는 영국식 모직 체크 머플러를 산 적이 있었다. 그것은 트렌치 코트가 잘 어울리는 여자의 마지막 애인에게 가 있었다.

여자가 한 달에 한 번 자신의 젊음과 아름다움을 확인

하고 자신감을 갖는 그날들 중 어느 날 그를 만났다. 거리에서의 우연한 만남이었다. 그는 완만한 걸음걸이로 아이 쇼핑를 하던 여자를 붙잡고 장소를 물었다. 고전(古典)? 여자가 모르는 데였다. 그때 동행했던 후배는 그곳은 설명이 잘 되지 않는 데라면서 그와 여자를 뒤에 거느리고 앞장서 갔다. 딱히 할일이 있던 것이 아니었으므로, 그리고 누군가 막 가꾼 자신의 아름다운 모습을 보아준 것처럼 기분이 나쁘지 않았으므로 여자는 후배의 발길을 막지 않았다. 클래식 음악 전문 카페 고전은 다시 찾아가라면 한두 번 길을 잘못 들 만큼 골목을 여러 번 틀어 경사가 가파른 골목 끝에 있었다. 그는 지방에서 올라왔는데 차가 막히는 바람에 약속 시간보다 벌써 한 시간이 늦었다고 했다.

고전에는 주인도, 그 누구도 없이 음악만 흘러나오고 있었다. 후배는 그곳이 마음에 들었는지 가쁜 숨을 달랠 겸 다른 테이블에서 커피 한 잔 하자고 했다. 여자는 남자를 힐끗 쳐다봤다. 후배는 칸막이가 쳐진 테이블로 여자를 이끌었다. 그리고는 메모지를 가져와 신청곡을 썼다. 남자는 칸막이 옆 테이블에 자리를 잡았다. 여자는 클래식을 잘 알지 못했다. 무슨 노래를 써야 할지 망설이다가 유머레스크를 썼다. 그 노래를 좋아해서라기보다 고등학교 음악책에서 봤던 것이 그 순간 기억나서 쓴 것이었다. 후배가 여자의 선곡을 보고 씩 웃었다. 남자가 본 것처럼 여자는 얼굴을 붉혔다. 샤콘느가 어때? 왜 저번에 봤던 영화에서 들었던 바흐 곡. 후배가 바흐의 〈흐〉를 표나게 세게 발음했다. 그럴 듯했다. 여자는 고개를 끄덕이고는 유머레스크를 지우고 샤콘느를 썼다. 그런데 바하 아니니? 여자의 물음에 후배는 대답은 하지 않고 또 한번씩 웃었다. 넌 베토벤이네? 바이올린 협주곡 디 장조? 너 클래식 좀 아는구나, 알긴? 이 정도는 기본이지. 아까처럼 얼굴을 붉히지는 않았지만 옆 칸막이에 앉아 있는 남자가 들을까 봐 신경이 쓰였다.

남자는 베토벤과 바흐가 끝날 때까지 혼자 앉아 있었다. 기다리던 사람이 갔는지, 아예 오지 않았던 것인지 남자는 한 시간이 지나자 여자가 앉은 테이블로 왔다. 후배는 여자에게 결혼한 사실을 말할 필요 없다고 속삭였다. 대화 주제가 흐려지니까. 여자는 얼결에 동의했다. 그리고 거의 입을 다문 채 후배와 그의 대화를 경청했다. 둘은 여자가 모르는 음악 얘기를 했다. 지휘자들과 연주자들, 현악기와 건반 악기, 소곡과 협주곡. 여자가 보기에는 그도 후배도 꽤 박식했다. 그는 독주곡이나 실내악을, 후배는 협주곡을, 그는 현악기를, 특히 첼로를, 후배는 건반 악기를 좋아한다고 했다. 둘은 통하는 점이 많은 것 같았다. 헤어지면서 남자가 후배와 여자의 연락처를 물었다. 여자는 얼른 후배의 눈을 쳐다봤다. 왜 내 연락처를? 후배가 자기 것과 여자의 것을 적어주었다. 그는 다음날 춘천으로 내려간다고 했다. 셋이 함께 전철을 타고 가다가 그와 여자는 3호선으로 갈아타기 위해 을지로 3가에서 내렸다. 여자는 일산으로, 남자는 양재로. 서로 반대 방향이었다. 남자는 양재 방향의 전철이 먼저 왔으나 타지 않고 여자를 태워 보냈다. 전철에 올라타서 남자와 마주 보았다. 남자가 손을 들었다. 여자는 손을 들려다가 말았다. 남편 아닌 다른 남자와 가깝게 느껴지는 것이 왠지 어색했다.

수요일 오전, 베란다에 빨래를 널고 있는데, 전화벨이 울렸다. 전화를 받는 순간 마치 그때를 기다리기라도 한 듯 라디오에서 바흐의 「칸타타와 푸가」의 강렬한 첫 음절이 터져나오고 있었다. FM 93.1. 여자는 그날 이후 고전 음악 프로를 하루 종일 틀어놓고 들었다. 여자는 아나운서의 멘트, 특히 음악가와 제목에 귀를 바짝 세웠다. 미처 볼륨을 줄이지 않아 상대편의 말소리가 들리지 않았다. 잠깐만요. 여자는 수화기를 놓고 라디오가 있는 거실 코너로 달려가 볼륨을 줄이고 다시 뛰어와 전화를 받았다.

「누구라고요?」

송철규. 그가 이름을 말하기 전에 그의 목소리를 듣는

순간 그가 누구라는 걸 담박에 알았다. 그러면서 동시에 남편보다는 후배의 얼굴이 떠올랐다.

「전화 목소리가 실제보다 더 맑네요. 그런데 저런, 아침부터 왜 무거운 음악을 듣고 그래요?」

아, 저런 것을 무겁다라고 표현하는구나. 여자는 손끝에 묻은 물기를 허벅다리에 문지르며 바흐, 칸타타와 푸가, 무거움이라 되뇌였다. 뜀박질을 해서 가슴이 뛰고 목소리가 평소보다 상기되었다. 여자도 자신의 청음(淸音)을 느끼고 있었다. 고작 나흘이 지났을 뿐이었는데 여자는 더 이상 바하라 발음하지 않았다.

「연주회 티켓이 공짜로 생겨서요」

여자는 계속 후배를 생각하고 있었다. 후배가 좋아하겠구나. 그런데 왜 나까지. 클래식도 모르는데. 여자는 둘이 가라고 말하려고 했다.

「오시는 거죠? 일곱시 연주 시작이니까 여섯시까지 예술의 전당 음악당으로 나와주세요. 전 지금 나가봐야 해서…… 그럼, 그날 뵐게요!」

그는 여자가 말할 틈도 주지 않고 끊었다. 의도적인, 일방적인 약속이었다. 여자는 그의 목소리가 서둘러 사라진 수화기의 뚫린 구멍들을 바라보고 서 있었다. 후배에게도 연락을 했겠지.

토요일이면 여자의 아이가 사촌들을 만나는 날이었다.

이번에는 상계동 둘째형님네서 아이들 모두가 모이기로 되어 있었다. 그 다음날까지 아이들의 놀이와 일정은 순전히 둘째형님이 맡아 하기로 되어 있었다. 여자는 사형제 가운데 막내였으나 동서들끼리 연배가 엇비슷했다. 아이도 앞서거니뒤서거니 낳아서 여자의 아이가 제일 밑이기는 했으나 다섯 아이들이 동갑이거나 연년생이었다. 큰형님이 형제 없이 홀 자라는 아이들, 정(情) 없어 큰일이라면서 주말마다 집집이 돌아가면서 아이들을 맡아 먹이고 재우고 놀리기로 했다. 이번 토요일은 드림랜드에 가기로 되어 있어 여자의 아이는 벌써부터 기대에 부풀어 있었다.

여자는 후배에게 전화를 걸었다. 자동응답기가 돌아갔다. 다시 핸드폰으로 걸었다. 연결되지 않는 곳에 있다고 했다. 도서실 지하 열람실에 있을 때 종종 그런 메시지가 들렸다. 여자는 음성 사서함에 메모를 남겼다. 그 남자 괜찮은 것 같애. 서로 잘해 봐라. 그럼, 그날 만나자.

미샤 마이스키, 바흐 무반주 첼로 조곡 완주회.

후배는 오지 않았다. 아니 초대되지 않았다.

「흔히 이 곡은 첼리스트라면 도전해야 할 처음이자 마지막 단계입니다. 그래서 첼로의 성서라고들 하지요」

연주가 시작되기 전 그가 여자에게 나직이 코멘트를

했다. 여자는 팸플릿을 손에 들고 수굿이 듣고만 있었다. 팸플릿에는 없는 말들이었다. 여자는 며칠 만에 일어난 일들이, 그리고 그와 나란히 앉아 있는 지금의 자신의 상황이 믿어지지 않았다. 한 달에 한 번 기분 전환하러 여대 앞에 가서 머리를 맡기곤 했지만, 그래서 자신의 젊음과 아름다움을 스스로 추스려보긴 했지만, 여자는 자신이 남자의 눈을 끌 만큼 미인이라는 생각은 한 번도 하지 않았었다. 남편과 결혼하기 전에는 여자도 스무 살 안팎의 여느 여자들처럼 자신이 예쁘다는 생각을 했었다. 그러나 그럴듯한 연애를 해볼 틈도 없이 대학 2학년 때 남편을 만나 그 남자만을 알고 결혼하면서 여자의 미적 감각은 남편의 기준에만 한정되었다. 여자는 그런 남편에게, 지금까지의 결혼 생활에 특별히 불만이 있지 않았다. 불같은 열정이나 사랑은 없었지만, 남편은 변함없이 여자를 사랑했고, 여자가 필요한 것은 뭐든지 부족함 없이 채워졌다. 남편은, 증권사 중견 간부인 만큼 평일에나 주말에나 거의 함께 시간을 보내지 못했다. 그러나 여자에게 사랑받고 있다는 믿음을 심어줄 줄 아는 남자, 자기 분야에서 인정받고 적당히 능력을 과시할 줄 아는 쾌활한 남자가 남편이었다.

불이 꺼졌다. 무대 중앙, 속이 훤히 들여다보이는 눈부시게 흰 헐렁한 실크 셔츠를 입은 연주자와 그의 악기에 조명이 부서져내렸다. 멀리서도 연주자의 쌍커풀 진 눈이 크게 보였다. 온통 얼굴을 감싸고 있는 구불거리는 머리와 수염. 가슴팍을 드러낸 단추 없는 랩 셔츠. 연주자는 러시아 태생으로 서방에 망명한, 현재 이스라엘 국적을 가지고 있는 드라마틱한 이력의 소유자로 첼리스트들 중 강력한 주역이라고 팸플릿에 씌어 있었다. 폭풍처럼 박수갈채가 지나가고 실내는 숨소리 하나 들리지 않게 조용했다. 여자는 실내를 채우고 있는 공기 입자들을 일일이 감지할 정도로 긴장하고 있었다. 조금 전까지 팸플릿에 눈을 주고 있었으나 그 다음은 무슨 내용으로 채워졌는지 생각나지 않았다. 바흐가 죽은 후에도 근 200년가량을 묻혀 있어서 전혀 연주되지 않았던 곡이라는 사실만이 머릿속에서 맴돌 뿐이었다.

연주가 시작되었다. 육중한 몸체를 질주하는 현의 화려한 고저(高低)음의 기교에 이끌려 여자는 자기 자신도 알지 못하는 몸의 비밀스런 감각들을 탐색당하고 있는 듯한 착각에 빠졌다. 그 속에서 여자는 단 한 번도 품어보지 못했던 망상에 휘말리기에 이르렀다. 남편이 아닌 다른 남자를 사랑할 수도 있다는. 사랑의 행위까지도. 여자는 상상이 거기에 미치자 전기에 감전이라도 된듯 소스라치게 놀라 몸을 바로 세웠다. 내부의 거센 흔들림에 비해 겉으로 나타난 움직임은 아주 경미했다. 동물적인, 아니 즉물적인 야수성이 자신의 내부 어디에서 연원하고 있는지, 화들짝 놀라 안에서 번득이고 있는 그 감정을 털어내기는 했지만 그리 싫지는 않았다. 그는 여자를 돌아다보지 않았다. 여자는 그가 감지할 수 없을 정도로 조심스럽게 그를 관찰했다. 그의 옆모습, 단단한 이마와 눈, 곧은 콧대와 부드러운 입매, 그리고 완만하게 빠진 턱선. 그의 눈망울에서 촉촉하게 생기가 느껴졌다. 어둠 속에서 더욱 깨어나는 물웅덩이처럼.

그는 거의 주말마다 여자를 보기 위해 춘천에서 올라왔다. 여름이 시작되고 있었다. 여자는 후배의 말대로 결혼한 사실을 말하지 않았다. 그리고 후배에게 그를 만난다는 사실도 말하지 않았다. 그는 프랑스 말을 할 줄 알았다. 안 돼를 아듀로 바로잡아 주고 메르시 보쿠를 낯설지 않게 들려주었다. 세번째 만났을 때 애인은 여자를 경복궁 옆 프랑스 문화원으로 데리고 갔다. 그날은 십리 길을 걸어다녀야 했던 시골 초등학교 시절 이래 여자가 가장 많이 걸은 날이었다. 여자는 어디 어디를 돌아다녔는지 일일이 생각을 이을 수 없었다. 그와 함께 온종일 걸었다는 기억밖에 없었다. 여자가 거리에 주저앉으려고 할 때마다 그는 여자를 업고 싶어했다. 농담이겠지, 여자는 무시했다. 그러나 그는 진담이라는 것을 확인시키려 등을 내밀었다. 그러면 여자는 조금 더 힘을 내어 그때까지 걸어온 간격보다 그와 조금 더 떨어져 걸었다. 그는 얼마간 그대로 걸었다. 서로 모르는 사람처럼. 여자는 그 간격만큼 그가 신경쓰였다. 한국일보 앞 동십자로에서 사간동으로 꺾어들면서 그는 먹이를 겨누고 있던 매처럼 날쌔게, 그러면서 물밑을 가르는 뱀장어의 질주처럼 유연하게 여자의 손을 낚아 잡았다. 힘이 있었다. 여자는 거부하지 않았다. 경복궁 너머로 뉘엿뉘엿 해가 지고 있었다.

지는 해를 바라보는 여자의 시선을 끊으며 그가 경복궁 맞은편, 넝쿨마다 장미꽃이 붉게 번져 있는 국군 통수 병원의 긴 담을 가리켰다. 지방으로 내려가기 전에 거기에서 근무했다고 알려줬다. 그는 의사가 아니었다. 여자는 그가 법을 공부했다는 사실만 알고 있었다. 고시를 패스했다든가, 대학원에 재학중이라든가, 뭐 그런 것들은 그도 말하지 않았고 여자도 묻지 않았다. 다만 현재 지방 법원에 근무중이라는 사실만을 알 뿐, 거기에서 그가 무슨 일을 하는지도 묻지 않았다. 그런데도 그를 만나는 시간은 분초를 생략한 것처럼 빨리빨리 흘렀고, 열두시가 다 되어서야 헤어졌다.

그가 문화원 유리문을 밀고 들어가자 카페테리아의 단발머리 여자가 턱을 밑으로 숙이며 그에게 눈인사를 보냈다. 여운이 오래 남는 눈길이었다. 대형 티브이에서 본국 뉴스가 나오고 있었다. 그는 잠시 뉴스에 귀를 기울이는 듯했다. 여자가 알아들을 수 있는 말은 단 한 마디도 없었다. 여자가 모르는 언어에 귀를 내주고 있는 그의 진중한 표정, 그럴수록 더욱 희고 단단해 보이는 이마를 보며 여자는 고독을 느꼈다. 그는 문화원에서 나오기 전에 카페테리아 여자에게서 비디오 테이프를 받았다. 그와 말하면서도 카페테리아 여자는 줄곧 멀찍이 출구 옆 안내 데스크로 떨어져 나와 서 있는 여자를 바라보았다. 누구냐고 묻는 것 같았다. 그는 애인이라고 말하는 것 같았다. 그가 수줍은 듯이 입가에 미소를 매달았고, 호! 소리를 내는 카페테리아 여자의 입에서 휘파람 소리가 났다. 카페테리아 여자는 고개를 끄덕이며 흘기는 듯한 옆눈길로 여전히 여자를 바라보고 있었다. 여자는 그녀의 눈길을 의식하지 않는 척 천천히 반대쪽으로 고개를 돌렸다. 지하 영화실로 내려가는 계단 벽면에 그날 상영되고 있는 영화의 제목과 시간이 게시되어 있었다. 「그녀에 관한 두세 가지 것들」. 여자는 여유로운 척 한쪽 다리를 조금 건들거리며 카페테리아 쪽으로 다시 고개를 돌렸다. 그가 말을 마치고 여자에게 걸어오고 있었다. 단발머리가 여자에게 우호적인 표정으로 조금 웃었다. 밖은 온통 일몰 뒤의 해 그림자로 가득했다.

　문화원 옆 골목길로 들어섰다. 한옥과 한옥 사이, 담과 담 사이, 골목과 골목 사이. 코너를 돌 때마다 여자의 가슴이 뛰었다. 한 발짝도 더는 걸을 수 없는 것처럼, 마치 거기에 들기 위해서 지금껏 우회한 듯, 둘은 약속이라도 한 것처럼 골목 안 여관 앞에서 발을 멈추었다. 메르시 보쿠. 고마워. 애인은 여자의 귀에다 애무하듯 부드럽게 밀어넣었다. 여자는 자꾸만 남자의 그 말이 듣고 싶었다. 해가 지고 달이 뜨고 또 해가 뜰 때까지. 여자는 자신을 십 년 전의 자신으로 착각하고 있었다. 아니 현재의 자신을, 현실을 잊었다. 그것도 아니었다. 있어보지도 못한 자신, 욕망을 찾아가고 있었다. 메르시 보쿠. 애인이 섹스를 마치고 순한 강아지처럼 혀를 여자의 귀에 밀어넣으며 말했다. 남자는 훌륭했다. 메르시 보쿠. 여자도 입술을 달싹였다. 처음 발설해 보는 낯선 말이었다.

「당신이 있어서 나, 살맛 나」

2

　겨울이 시작될 무렵, 그는 더 이상 서울행 주말 버스를 타지 않아도 되었다. 봄이 되면 그는 서른이 된다고 했다. 주말 버스를 타지 않는 대신 그는 여자에게 함께 프랑스로 떠나자고 했다. 여자는 서른셋이 되어가고 있었다. 여자에게는 남편, 칠 년 연상의 남편, 그리고 아이, 여섯 살 난 사내아이가 있었다. 하늘이 노랗다 못해 검어지도록 고통을 겪고 낳았으면서도 낳은 기억을 사그리 잊어버리게 만들 정도로 남편만을 빼닮은 아이. 여자는 기어이 그를 혼자 떠나보냈다. 법 공부를 마치려면 오륙 년쯤 걸린다고 했다. 그러면 여자는 서른여덟이나 아홉, 그리고 마흔이 될 것이었다. 가서 기다리겠다는 그의 말에 여자는 아무 말도 하지 않았다. 여자는 끝까지 남편에 대해서, 아이에 대해서 침묵을 지켰다. 그가 떠나는 시간이 가까워져도 여자는 흔들림이 없었다. 그를 만나면서도 여자는 남편에 대한 자신의 사랑은 크게 달라진 것이 없다고 생각했다. 그러면 그 동안의 그와의 사랑은? 여자는, 그가 떠나야 한다고 말했을 때부터, 그를 따르려면 지금까지의 자신의 삶을 송두리째 버려야 한다는 사실에 직면한 순간부터, 마치 흐르던 피가 멈춘 듯, 뛰던 심장이 멎은 듯, 아무것도 느껴지지 않았다. 여자는 격렬하게 돌던 피의 흐름과 심장의 박동이 남의 것인 양 여자를 둘러싼 모든 현실로부터 유리되어가는 자신의 모습을 환영처럼 건너다 볼 뿐이었다. 시간이 갈수록 여자는 믿을 수 없을 만큼 단순해져서, 과거의 기억도 관계도 깡그리 망각한 채, 태아처럼 숨만 쉬고 있는 것 같았다. 여자는 세탁기가 빨아주는 빨래를 꺼내 맑은 물에 한번 더 헹궈 햇볕에 널고, 기계처럼 정확하게 모서리 끝을 맞추어 수건을 개키고, 새로 나온 다섯 가지 잡곡을 섞은 쌀로 다채롭고 쫄깃한 밥을 지어 남편과 아이를 먹였다. 그리고…… 여자의 가슴은 더 이상 뛰지 않았다. 봉쥴 다방과 아듀 가방, 메르시 보쿠는 있었던 흔적도 없이 사라져버렸다. 여자는 이제 머리를 가꾸러 여자 대학 앞은 가지 않았다. FM 93.1도 틀어놓지 않았다. 하얀 햇빛만이 베란다 창으로, 여자 혼자 머무는 거실로 쳐들어와 아우성칠 뿐, 적요했다.

그가 떠나버린 주말, 여자는 아이와 호수에 가곤 했다. 여자가 사는 일산에서는 언제나 서쪽 하늘에서 선회하는 비행기를 볼 수 있었다. 집집이 돌던 아이들 정(情) 모임은 중단되었다. 여자 때문이었다. 큰형님은 두세 번 모임을 미루는 여자를 봐주다가 경고를 해왔다. 역할 분담에서 형평성이 깨지면 차라리 없는 것보다 더 못한 관계로 전락해 버리는 것이 여자들의 동서지간이라고. 할 수 없이 남자가 여자를 만나러 올라오던 주말, 아이는 이웃집에 맡겨졌었다. 대신 평일 오후엔 이웃집 아이들이 여자의 집에 와 살다시피 했었다. 남자와 헤어지고 그 모든 것이 제자리로 돌아오는 데는 채 두 달도 걸리지 않았다. 이전처럼 금요일 저녁에 여자는 토요일과 일요일을 아이와 어떻게 보낼까 고심 아닌 고심을 했다. 아이는 호수 공원 광장에서 보조 바퀴 없는 두발 자전거를 타고 싶어했다. 호수는 여자의 집에서 지척이었다. 여자는 아이에게 두발 자전거는 아직 이르다고 타일렀다. 자전거 연습을 하기에는 아파트 단지 내 공원도 훌륭하다고. 그러나 그것은 여자의 생각일 뿐이었다. 여자의 아이는 벌써부터 보조 바퀴가 필요없다고 말하고 있었다. 아이는 다른 엄마들처럼 호수를 좋아하지 않는 여자가, 자전거를 좋아하지 않는 여자가 불만이었다. 여자는 호수를 싫어하지 않았다. 다만 여자는 자전거를 탈 줄 몰랐다. 싫은 것은 주말의 호수, 사방에서 모여든 사람들 속에 끼여 있는 것이었다. 햇볕 내리쬐는 광장, 인파로 북적이는 광장의 외로움이 싫었다. 아이는 보조 바퀴를 떼고 호수를 한 바퀴 도는 것을 목표로 세워놓고 끈질기게 여자를 졸랐다. 아이가 7.5km의 호수를 돌 수 있을까. 결국 여자는 주말마다 호수 공원 광장 귀퉁이에 앉아 아이의 자전거 연습을 봐주었다.

그를 만나기 전 여자는 광장 옆 놀이터 벤치에 앉아 아이가 그네 타는 것을 봐주곤 했었다. 아이가 높이, 더 높이 올라갈수록 황금빛으로 반짝이는 호수 표면이 시야

가득 들어왔었다. 여자는 아이의 그네를 밀어주며 무료
함을 달래려고 호수 물결에 넘실넘실 떠가는 검은 오리
들을 세어보곤 했었다. 생명이 없는, 나무 오리들이었
다. 호수에서, 오리에서, 더 고개를 들어올리면 호수 저
쪽, 비단 구름과 석양이 어우러진 하늘에는 은빛 비행기
가 심해의 평온한 물결 속에 숨을 토하는 귀족 상어처럼
번쩍번쩍 빛을 뿜어대며 구름과 석양을 유유히 통과해
가곤 했다. 그때까지 여자에게 비행기를 타고 싶다는 욕
망은 없었다. 인상파 그림처럼 바라볼 뿐인, 그저 아늑
하고 아름다운 풍경이었다.

그런데 그가 떠난 일 년 후, 해가 지고 광장의 아이들
이 모두 집으로 돌아가도록, 목표를 위해 끊임없이 광장
을 선회하는 아이의 은빛 자전거와 어두운 허공에서 더
욱 강렬하게 빛을 뿜으며 선회하는 비행기를 지루하게
지켜보면서 여자는 어렴풋이 떠나고 싶다는, 아이의 빛
나는 은빛 바퀴살에 실려, 추락의 공포를 싣고 지상을
이륙하는 비행기에 실려, 어디론가 먼 곳으로 가고 싶다
는 욕망이 고개를 들기 시작했다. 늘 바라만 보던 그 그
림 속으로 들어가고 싶다는, 은빛 비행기로 비상하고 싶
다는 욕망을 구체화한 것은 공교롭게도 남편의 등뒤, 남
편이 힘껏 페달을 밟고 있는 이인승 자전거 위에서였다.

아주 드문 일이었는데, 남편이 아이와 여자의 호수 나

들이에 동행했다. 자신의 자전거 실력을 뽐내기 위해 남편은 자전거 대여소에서 이인승 자전거를 빌려 여자를 뒤에 앉혔다. 아이는 아직 두발 자전거로 호수를 돌기에는 벅찰지도 몰랐다. 남편은 처음엔 기우뚱기우뚱 균형을 잡지 못하더니 점점 여자가 앉은 등뒤로 바람을 날리며 힘차고 능숙하게 앞으로 앞으로 전진해 나아갔다. 여자는 온몸으로 바람을 맞으며 마치 영화에서처럼 얼굴을 하늘로 올리고는 두 팔을 들어올려 날갯짓 하듯 바람에 내맡겼다. 볕이 좋은 주말 오후였다. 여자를 태운 남편의 자전거는 무지개 분수를 지나고, 장미 정원을 지나고, 중앙 광장을 지나고, 호수와 호수를 잇는 다리 밑을 지나고, 여자가 좋아하는 호숫가 은사시나무 숲을 지나고, 새끼를 기르는 어미 공작새의 집을 지나고 있었다. 여자는 눈을 반쯤 감은 채 온몸을 훑어내리는 바람결의 감촉에 성욕과는 다른 쾌감을 맛보고 있었다. 어느새 남편의 자전거는 출발한 원점으로 돌아가고 있었다. 멀리 허공에 뜬 나무가 눈에 들어왔다. 삼 년 전 꽃 박람회 때 조각품의 하나로 전시된 나무였다. 그때는 푸른빛을 띤 살아 있는 나무였다. 그런데 그 해 가을을 넘기지 못하고 시들시들 죽어갔다. 작품 나무는 둥근 철화분에 심겨져 뿌리를 내릴 수 없어 허공에 뜬 신세로 죽어가는 자신의 처참한 모습을 마치 불륜죄로 조리돌림을 당하는

여자처럼 사람들 눈에 심어주고 있었다. 남편의 자전거
는 그 나무와 아주 가까워지고 있었다. 여자는 나무를
애써 외면했다. 마치 자신의 치부를 목격한 듯 심하게
현기증이 올라왔다. 어지러움증 속에서 여자의 눈은 흘
러가는 뭉게구름 속으로 막 들어가고 있는 은빛 비행기
에 가 닿았다. 여자는 비행기가 구름에 들듯 자신도 자
태를 잃지 않고 유영하고 있는 물고기의 뱃속으로 들어
가고 싶었다.

「저건 뭐야?」

남편이 등뒤에 대고 물었다. 그도 나무를 흉하게 본
모양이었다. 남편은 7.5km 호수를 완주하고 있었다.

「말려 죽일 셈인가? 잔인하게. 그러면서 뭘 의미한다
는 거야?」

남편은 헉헉거리고 있었다. 여자는 대꾸하지 않았다.
남편은 여자에게 물은 것이 아니었다. 혼자말, 혼자 생
각을 토해내고 있었다. 여자처럼. 죽은 나무를 지나칠
때 우연이었는지 남편의 자전거가 비틀거렸다.

「뭐해, 꽉 붙잡지 않고?」

굽은 길이었다. 여자의 팔은 아래로 내려와 축 늘어져
있었다. 여자는 깜짝 놀라 순간적으로 남편의 옆구리를
붙잡았다. 아니 본능적이었는지 몰랐다. 남편의 옷자락
을 잡으며 여자는 너무 오래 손을 놓고 있었다는 생각을

했다. 굽은 길을 지나자 남편은 이내 자전거를 바로잡았다. 여자를 태운 바퀴가 순탄하게 굴러갔다.

그날의 이인승 자전거는 처음이자 마지막이었다. 남편은 미국계 증권사의 분석팀장으로 스카우트되어 더 시간이 없어졌고, 여자는 더 많은 시간을 아이와 함께 보내게 되었다. 아이는 보조 바퀴를 떼고두 발로 탔다. 여자는 완연히 자리를 잡아가는 아이를 앞에 두고 우두커니 앉아 비행기의 움직임에 홀려 있었다. 마치 거대한 수족관을 연상시키듯 호수 저쪽 하늘에는 은빛 비행기들이 고고하게 떠갔다. 여자는 서른다섯이 되어가고 있었다. 여자는 자신의 단순성을 잘 알고 있었다. 그것은 극도의 체념에서 왔다. 여자처럼 체념에 익숙한 기질이 따로 있는지도 몰랐다. 여자는 애인의 많은 것들을 잊어버릴 수 있을 것 같았다. 아니 그런 날들이 있었던가, 세월이 갈수록 애인과 있었던 일들을 의심하고 있었다. 꿈에 일어난 일들처럼. 그런데 서른다섯 살의 무더운 여름, 여자는 방학을 이용해 떠나는 학생 배낭 여행단에 끼여 비행기에 오르고야 말았다.
「호, 당신 없이 한 달을 어떻게 살지?」
남편은 여자가 파리에 가는 것이 소원이라고 말하자 꼭 일주일 만에 비행기 표를 여자 손에 쥐어주었다. 아이는 정(情)모임 남자 사촌들과 미대륙으로 떠났다. 사내란 모름지기 나이아가라와 그랜드 캐니언을 보면서 세상에 대해 눈을 뜨고 원대한 포부를 키워야 한다는 큰형님의 주장에 여자의 아이까지 한 달간의 초등학생 대상 대륙 투어에 포함되었다. 여덟 살 나이의 아이에게는 좀 무리이기는 했지만 큰형님이 동행하는 만큼 걱정하지 말라고 했다. 큰형님은 영어 조기 교육론자로 십 년 내에 영어가 공용어가 되는 세상이 올 것이라고 확신하고 있었다. 인터넷에 열중하기 전에는 하지 않았던 생각이었다.

「비즈니스맨의 아내라면 당연히 비즈니스석에 앉아야 하는거 아냐? 이코노미 클래스는 순 단체 배낭 여행 학생들이라던데. 당신이 거기 어울려서야 되나?」

배낭 여행 티켓은 여자가 고집한 것이었다.

「왜요. 그때 당신 만나느라고 못해 봤으니까, 지금이라도 더 늦기 전에 해보려는 거죠」

「그럼 나는? 이렇게 늦었는데」

「농담 마시고요」

「농담 아니라구. 가을쯤이면 뉴욕으로 발령이 날지 모르는데, 그전에 시간이 나면 그때 함께 유럽 여행을 하려고 했는데 말이야」

남편은 조금 아쉬워했다. 그러나 아주 잠시였다. 남편은 합리적인 사고를 하는 사람이었다. 어느 면에서는 여자의 단순성과도 통하는.

「근데, 당신 프랑스 말 모르잖아?」

「처녀 적부터 파리에서 살아보고 싶었어요. 아주 잠깐만이라도. 별거는 아닌데. 꼭 그래보고 싶었어요. 여행이 아니라, 살아보는 게 소원이었어요」

거짓말이었다. 여자는 한 번도 파리에 살아보고 싶다는 소원을 키워본 적이 없었다. 말을 하면서 여자는 눈시울이 뜨거워졌다. 부끄러움 때문이었다.

「그런 말 들은 적 없었던 것 같은데?」

남편은 고개를 갸우뚱했다. 남편은 여자의 〈처녀 적〉이라는 말을 좋아했다. 마치 자신 소유의 아끼는 영토에서 일어난 일들에 대해 듣는 것처럼.

「가을이면 후배가 다른 도시로 떠난다고 하니까, 지금 아니면 프랑스 말도 모르는 제가 어떻게 파리에서 살아보겠어요? 당신 따라 미국에 살러 가는 거라면 또 몰라도……」

남편은 고개를 끄덕였다. 관자놀이께의 잔머리에 두세 올 흰머리가 나 있었다. 그러고 보니 남편의 나이도 어느덧 사십이 넘었다. 여자는 그 사실을 마치 지금에야 깨달은 것처럼 흰머리가 비친 남편의 얼굴을 응시했다. 남자가 사십이 된다는 것. 여자와 다르게 남자는 그때가 가장 흔들리는 시기라고 티브이 주부 프로에서 듣곤 했

다. 남편은 어떻게 사십을 맞았을까. 여자가 은빛 비행
기에 실려가는 꿈을 꾸고 있을 때…… 여자는 자신이 남
편에게 남보다 못한 무심한 존재로 여겨지기까지 했다.
　「그래. 나 없어도 당신 정말 괜찮겠지?」
　여자도 고개를 끄덕였다. 여자의 말이라면 뭐든지 믿
어주는 남자, 여자는 그런 남편에게 메르시 보쿠, 메르
시 보쿠를 되뇌일 뿐이었다.

3

　공항에는 후배가 나와 있었다.
　후배의 두 칸짜리 스튜디오는 왼쪽으로 에펠탑과 오른
쪽으로는 콩코르드 광장의 오벨리스크까지 한눈에 들어
오는 오층 아파트의 옥탑방이었다.
　「이래 봬도 비싼 방이야. 같은 돈으로 조금 변두리로
나가면 괜찮은 아파트를 얻을 수도 있어. 하지만 파리에
서 이만한 전망을 가진 곳에 산다는 것은 행운이지, 그
치? 저기 불빛으로 강을 이루고 있는 데 있지? 거기가
그 유명한 샹제리제 거리야」
　샹제리제? 여자의 귀가 번쩍 뜨였다.
　「내일 나 거기로 데려다줄 수 있니?」

「물론이지. 거기뿐이겠어?」

둘이 생활하기에 비좁기는 했지만 위치와 전망만은 후배가 자부할 만했다. 에펠탑과 콩코르드 광장의 오벨리스크(방첨탑) 사이, 세느 강이 흐르고 있었다. 새벽이 되도록 멀리 개선문에서 콩코르드 광장에 이르는 샹제리제 대로의 불야성은 꺼질 줄을 몰랐다. 동이 터올 때까지 여자는 후배가 만들어준 침대 겸용 소파 위에 누워 잠을 이루지 못했다.

그를 생각하고 있었다.

프랭클린 디 루즈벨트. 샹젤리제 클레망소. 샤를르 드골 에뚜왈르.

여자는 후배와 샹제리제 대로의 산책로를 걸었다. 에펠탑도 세느 강도 노틀담도 여자는 관심이 없었다. 여자는 지나는 거리와 다리와 건물과 전철역, 눈에 띄는 대로 후배에게 물었다. 거기에서 골라낸 말이 프랭클린 디 루즈벨트, 샹제리제 클레망소, 샤를르 드골 에뚜왈르였다. 모두 전철역 이름이었다. 그리고 그들을 한 줄로 이으면 샹제리제 대로가 되었다. 그가 떠난 직후 보내온 엽서에 씌어 있던 말들이었다. 프랭클린 디 루즈벨트, 샹제리제 클레망소, 샤를르 드골 에뚜왈르. 여자는 가슴이 화끈거렸다. 눈물이 터져나오려 했다.

「저기는 그랑팔레. 맞은편은 프티팔레. 모두 미술관이

야. 둘 사이에 난 길로 죽 가서 황금빛 조각상들 보이
지? 파리에서 제일 호화롭다는 알렉상드르 3세 다리야.
건너가면 엥발리드. 나폴레옹의 무덤이 있는……」
　여자의 귀에는 더 이상 아무 말도 들려오지 않았다.
여자는 온 길을 향해 되돌아섰다. 후배는 앞으로 나아가
려다가 여자를 따라 돌았다.
　「왜? 계속 가야 하는데. 어젯밤에 본 콩코르드 광장의
오벨리스크와 마들렌느 사원과 오페라와 루브르……」
　후배는 베테랑 관광 가이드처럼 유창하게 파리의 명물
들을 입에 올렸다.
　「루브르와 예술교(橋)와 그 옆 유명한 퐁네프 다리와
그리고 노틀담……」
　여자는 끝없이 주절거리는 후배의 말을 중간에 잘랐다.
　「한번 더 걷고 싶어, 샹제리제를」
　「그러면, 그러던지. 시간은 앞으로도 얼마든지 있으니
까. 이왕이면 횡단 보도 건너 저쪽 길로 걸을까? 파리에
서는 온 길로 다시 가는 건 바보 같은 짓이야. 가더라도
다른 쪽으로 가야지. 그만큼 상점이면 상점, 건물이면
건물, 벤치 하나라도 놓치기 아까운 볼거리들이 많다는
얘기겠지」
　산책로의 그늘에서 벗어나자 숨이 막힐 정도로 햇볕이
뜨거웠다. 여자는 후배를 따라 횡단 보도를 건넜다. 발

아래 밟히는 하얀 줄무늬가 그대로 여자의 가슴에 화인
(火印)이 되어 찍히는 듯했다.

여자는 무슨 말이든지 하고 싶었다.

〈그래요. 기어이 당신을 따라 여기까지 오고 말았어
요. 당신이 떠날 때는 제가 이렇게 되리라고는 생각지
못했어요. 당신을 처음 만났을 때, 당신과 사랑에 빠지
게 되리라고 생각지 못했던 것처럼요. 파리, 참 아름다
운 곳이군요. 당신과 함께라면 어떤 기분일까. 당신은
어디에 있나요? 당신이 저를 생각하며 걸었다는 거리를
이렇게 걷고 있네요. 당신을 만나지 못해도 좋아요. 당
신을 만나러 온 것은 아니에요. 단지 당신이 있는 하늘
아래는 어떤 덴가, 거기서 숨을 쉬어보고 싶어서예요.
그것으로 족해요. 정말이에요〉

여자는 울고 있었다. 팔월의 강렬한 햇빛으로도 거두
어갈 수 없는 굵은 눈물 방울이 볼을 타고 흘러내렸다.
여자는 후배가 볼까 봐 얼른 눈물을 닦았다.

「언니, 괜찮아? 너무 피로했나 보다. 그러니까 오늘은
적당히 쉬고 내일부터 구경을 해도 된다니까」

「아냐, 괜찮아. 아이 생각이 나서. 아이랑 함께 왔더
라면……」

「에그, 언니두. 웬 청승이야. 언니는 여기서 혼자야.
왜 그걸 못 즐겨?」

그래. 예전엔 너무나 즐겼었지, 그와. 마치 그것이 나 자신이었던가 의심스러울 정도로. 후배가 모르는, 말할 수 없는 추억들이 너무도 많았다. 후배가 그의 마음을 얻지 못해 괴로워할 때 여자는 그의 연인이 되어 손을 잡고 거리를 걸었고, 그의 품에서 그의 애타는 사랑을 받았었다. 여자는 후배에게 고민을 털어놓으며 그의 사랑을 자랑하고 싶었다. 그러나 그가 여자를 만나러 서울행 고속 버스에 몸을 실었을 때 후배는 그를 찾아 춘천행 시외 버스를 타고 있었다. 어디에서부터 잘못된 것일까. 후배의 속삭임을 무시하고 처음부터 결혼한 사실을 밝혔어야 했을까? 연주회장에 나간 사실을 후배에게 말했어야 했을까? 여자는 둘에게 두 가지 다 이야기하지 않았었다. 왜였을까? 사실 여자는 그를 만나는 동안, 그리고 그를 향한 연정으로 괴로워하는 후배의 토로를 듣는 동안, 단 한 번도 그 사실에서 자유로울 수가 없었다. 그리고 끝내는 두 가지 사실 다 마음 밖으로 밀어내지 못한 채 그를, 그리고 후배마저도 파리로 떠나보냈다. 둘은 서로 약속이라도 한 것처럼 여자에게 지울 수 없는 멍에를 남겨주고 훌훌 날아가버린 것이었다. 그들은 자유로웠다. 정말 그런 것인가?

「안 되겠다. 산책이고 뭐고 들어가야겠어. 언니 안색이 너무 안 좋아」

여자는 붙잡는 후배의 손을 거칠게 뿌리쳤다. 너무 세게 뿌리치는 바람에 후배가 여자의 감정을 느꼈을지도 몰랐다. 후배가 멈칫 발걸음을 멈추었다. 여자는 단 한 번도 후배에게 미안해하지 않은 적이 없었다. 남편에 대한 죄책감 옆에는 또 한 사람, 후배에 대한 죄의식이 도사리고 있었다. 여자는 돌이킬 수 없는 지점에서 끊임없이 돌이켜지는 양심을 외면할 수 없었다.

「괜찮아, 조금만 더 걷고 싶어」

여자는 후배의 손을 잡아 끌었다. 무더운 한낮인데도 샹제리제 산책로에는 끊임없이 이동하는 이방인들로 북적거렸다. 여자도 그들 이방인들 속에 섞여 철저히 이방인이 되어 걷고 싶었다.

「괜찮기는. 아휴, 이마의 이 땀 좀 봐. 집까지 걸어가려고 했는데, 전철을 타야겠어」

이번엔 후배가 여자의 손을 잡아 끌었다. 후배의 발걸음에서 속도가 느껴졌다. 후배는 그가 파리로 떠난 사실을 알지 못했다. 후배는 여자의 손을 뛰는 제 가슴 위에 가져다 대며 흐느끼곤 했다. 가슴속의 불이 꺼지지 않아. 미칠 것만 같아. 차라리 그가 이 세상에서 없어져버렸으면 좋겠어! 나를 사랑하지 않으려면……

「미안해. 내가 욕심이 지나쳤어」

용서해 줘. 여자는 무슨 말로라도 후배에게 용서를 구

하고 싶었다. 그러나 용서라는 말을 하기에는 후배에게
나 자신에게나 너무 가혹하다는 생각이 들었다.

「지나친 것은 아니야. 이 정도는」

후배의 말투에 감정이 묻어 있는 것 같았다. 전철역
팻말이 보였다.

「한 달로도 시간이 부족한 코스를 하루이틀에 다 돌려
는 사람들도 있는데 뭐」

여자가 오해했나 보다. 후배는 속도를 늦추며 여자에
게 씩 웃어주었다. 그때, 그와 처음 만나던 날 짓던 그
웃음이었다. 후배야말로 여자의 말을 오해하고 있었다.
여자는 정정을 하고 싶었다. 덧붙이고 싶었다. 그러나
벤치를 보자 조금 앉고 싶어졌다. 쉬면서 차분히 말할
수 있을 것 같았다. 말을 해서 멍에 하나만이라도 덜어
내고 싶었다.

「저기 좀 앉을까?」

후배는 전철역을 다시 한번 바라보고는 고개를 끄덕이
며 먼저 벤치 쪽으로 걸어갔다. 다가오는 사람들을 의식
하고는 자리를 잡기 위해서였다.

「전에는 이렇게 약하지 않았잖아. 오기 전에 크게 아
팠었어?」

여자는 미소를 지으며 고개를 저었다. 그러나 마음으
로는 그래, 아직도 아픔을 이기지 못해 이렇게 떠나왔단

다, 라고 말하고 있었다. 여기서 숨이라도 쉬어보면 나을 것 같아서, 라고. 그렇게 속으로 말하면서도 여자는 약간은 비애롭고 약간은 몽롱한, 마치 슬픈 꿈을 꾸고 있는 것만 같았다. 호수 저쪽 하늘을 날아가는 은빛 비행기를 한없이 바라보며 이렇게 샹제리제에 앉아 있는 자신을 얼마나 그려보곤 했던가.

「오늘 저녁에 언니 놀래켜줄 일 있어」

생각만으로라도 설렌다는 듯 후배의 목소리가 상기되었다. 그를 만난 이후로 생기를 잃었던 후배였다. 여자는 후배에게 끄집어내려던 말을 도로 놓아버리고 후배의 표정을 살폈다.

「사실은 이 말도 하지 않으려고 했는데, 언니가 너무 축 늘어져 있는 것 같아서, 기운 내라는 의미로 미리 해두는 거야」

「뭔데?」

「알려고 하지 마. 저녁이 될 때까지 언니는 그저 쉬어두기나 해」

후배는 새로운 인생을 시작하고 있는 게 틀림없었다. 오랫동안 짓눌렸던 여자의 가슴이 어느 정도 펴지는 것 같았다. 공연히 그의 말을 꺼내지 않은 것이 잘된 일인지도 몰랐다.

「언니, 이 말 생각나? 내가 누군가에게 사랑받는 걸

보고 싶다고 했던 거」

「생각나고 말고」

후배의 흐느낌을 달래주지 못하고 망연히 옆에 앉아만 있다가 멋쩍게 해준 말이었다.

「그거야!」

여자는 힘이 솟는 것 같았다. 떠나오기 전, 샹제리제에 오면 무엇인가가 해결될 것만 같았다.

「하지만 저녁이 될 때까지는 노 코멘트야」

후배는 입을 다물었지만, 눈은 사랑을 획득한 자만이 갖는 자신감과 행복감으로 가득 차 있었다. 그런 후배를 보고 있자니 언젠가 후배가 여자에게 했던 말이 되살아났다. 언니, 사랑하는 사람 생겼지? 내가 무슨. 아냐, 그 눈이 말하고 있는걸? 말도 안 돼. 그렇지 않아, 느낌이 오는데? 사랑을 얻은 여자의 자신감과 행복감으로 가득 찬 눈길. 웃지 않아도 미소가 느껴져, 사랑의 미소. 여자는 샹제리제 거리에 내리쬐는 백색 광선의 빛 무덤 속에 거울에 비친 자기를 보고도 웃음을 참지 못하던, 참을 수 없던 사랑의 힘을 희미한 흑백 사진의 여운처럼 아스라이 느껴볼 뿐이었다.

그, 후배의 애인은 정확히 일곱시가 되자 벨을 눌렀다. 후배가 애인에게 문을 열어주러 달려갈 때 여자는 직감적으로, 혹시, 그가, 아닐까, 하는 생각을 짧은 순간 했다. 여자는 찰나적으로 깃들인 그 생각을, 아니라고 강하게 부정하고 털어내면서도 심하게 몸을 떨고 있었다. 그러나 여자의 바램은 여지없이 무너지고 후배가 맞이한 것은 그, 여자가 그렇게도 애타게 그리워하던 바로 그였다. 그와 눈이 마주친 순간 여자는 얼음 조각처럼 그 자리에 얼어붙었다.

「여기는 서울에서 어제 날아온 둘도 없는 내 선배, 장서진! 이쪽은 역시 둘도 없는 내 약혼자, 송철규」

후배는 여자와 그를 번갈아 바라보며 소개를 했다. 후배는 얼음처럼 굳어 있는 여자에게 일부러 눈을 찡긋했다. 지난 시절, 여자를 붙잡고 털어놓던 괴로움의 결과를 확인해 달라는 뜻이었다. 여자는 고개를 돌리고 싶었으나 차마 후배의 눈을 피할 수가 없었다. 오히려 웃어주어야 했다. 아무 일도 없었던 척, 새롭고 반가운 척. 여자는 머릿속 혼란의 갈피를 잡느라 안간힘을 쓰며 의연하게 그를 바라봤다. 여자는 그에게 눈으로 묻고 있었다. 내가 온 사실을 알고 온 것인가요?

「아, 우리 전에 본 적이 있었죠?」

그는 여자의 시선을 외면하지 않고 반갑게 손을 내밀었다. 연기는 그리 어설프지 않았다. 여자는 손을 내주며 그에 뒤지지 않게 대답했다.

「네. 고전 음악실에서. 함께 전철을 탔었죠, 아마?」

여자는 말을 마치고 웃음을 지었으나 손을 놓고 돌아서면서 이를 악물었다. 아아, 이렇게 만나게 되는구나. 이렇게 손을 잡을 수도 있구나. 여자는 지금까지 질기게 붙잡고 있던 그리움의 실체가 산산이 부서지듯 처참한 심정이었다.

「인사는 가면서 천천히 하고. 그런데 우리를 어디로 데려간다고 했죠? 샹제리제 근처 레스토랑이라고 한 것 같은데……」

후배가 여자에게 가방을 안겨주며 나갈 것을 재촉하면서 그에게 물었다. 그는 눈치 채지 않게 여자를 의식하며 후배가 끼는 팔에 팔을 내주었다. 나란히 걷는 둘의 모습이 잘 어울렸다. 여자는 처음 둘을 보면서 느꼈던 기분을 새삼 떠올리며 쓸쓸하게 웃었다.

「오늘 저녁 근사할 것 같지 않아, 언니?」

샹제리제 대로로 나서서 여자는 의식적으로 그런 것은 아니었는데 점점 둘에게서 떨어지고 있었다. 벌어지는 사이만큼 처참함도 쓸쓸함도 귀밑을 스치고 지나가는 바람결에 빠져나가고 있었다.

〈샹제리제에서는 무엇인가가 해결될 것만 같았죠. 당신을 못 만나도 좋다고 생각했어요. 당신이 있는 하늘 아래는 어떤 덴가, 나도 거기에서 숨을 쉬고 싶었죠. 열

두 시간을 날아와 이렇게 당신과 떨어져 걸을 줄은 모르
고…… 그러나 고마워요, 당신. 이제 당신을 떠날 수 있
을 것 같아요. 후배에게 죄의식을 가질 필요도 없고요.
그러나 그 모든 것은 망각 속에 묻어도 오늘, 샹제리제
의 이 밤은 잊지 못할 거예요〉

　낮에처럼 여자는 눈물을 흘리지 않았다. 아름다운 거
리, 아름다운 밤. 울창한 고목 사이사이 환히 불 밝힌
오래된 집을 바라보며 여자는 떠나온 후 처음으로 남편
생각을 했다. 남편은 정말 여자를 믿었는가.

　「오늘 밤 언니 좀 책임져줘요. 누구 생각나서 잘 걷질
못하잖아요」

　여자가 잠시 비틀거렸나? 후배가 장난스럽게 여자의
팔을 낚아채서는 그의 팔에 끼워주었다. 익숙한 팔, 익
숙한 체취였다. 그는 떨고 있었다. 그의 떨림은 여자에
게 이렇게 말하고 있는 것 같았다.

　〈당신을 잊은 것은 아니에요. 어떻게 당신을 잊겠어
요? 그 어느 때보다 사무치게 당신을 원하고 있어요. 그
러나 당신이 떠날 수 없는 가족으로 인해 고통스러워했
던 만큼, 나도 떠날 수 없는 당신으로 인해 괴로워하고
있다는 것을 알아줘요〉

　「오늘 밤은 아무 생각 마십시오. 제가 책임질 테니까
요, 마담」

그의 목소리가 오페라 가수처럼 경쾌하게 밤하늘에 울렸다. 마담이라고? 여자가 결혼한 사실을, 남편과 아이를 떠나 그를 선택할 수 없었던 것을, 그는 알고 있었나? 언제부터 알고 있었나? 그러나 다 부질없는 물음들이었다.

「메르시 보쿠, 무슈」

여자는 오래전에 준비한 말인 양 능숙하게 받았다. 후배가 여자에게 엄지손가락을 세워 보이고는 얼른 그의 다른 쪽 팔을 끼었다. 여자와 그와 후배, 셋은 앞서가는 자신들의 그림자를 밟으며 걸었다. 그림자는 오른쪽으로 약간 기울어진 삼각형이었다. 여자는 고개를 돌려 호수에서처럼 강 저쪽, 서편 하늘을 바라보았다. 허공 어디에도 은빛 비행기는 보이지 않았다. 그러나 눈앞에 드러난 광경에 입이 딱 벌어졌다. 에펠탑이, 마치 살아 있는 거대한 짐승처럼 사방에 빛을 뿌리며 붉게 타오르고 있었다. 여자는 눈부시게 아름다운 탑신을 꼭대기까지 올려다보며 마치 자기의 몸이 불꽃을 내며 소멸하는 듯한 격렬한 열기에 휩싸였다. 그 속에서 여자는 고통의 절정에서 해방되는 나른한 쾌감마저 느끼고 있었다. 그와 후배의 완력에 이끌려 앞으로 나아가면서 여자는 자신에게 타이르듯 중얼거렸다. 여기에서는 무엇인가 해결을 볼 수 있을 것 같았지. 그래, 이제 알 것 같아. 출구를 찾

지 못할 때, 해결을 볼 수 없을 때는, 스스로 타오르며
해소되는 길도 있다는 것을. 저기, 저쪽처럼.

《문예중앙》 2000년 봄호

○

축제의 날과 같이

축제의 날과 같이

　아파트 엘리베이터가 칠층에서 멈춤과 동시에 습관처럼 가방에서 열쇠를 찾아들고 내리려고 하는데 우리집 문 앞에 웬 커다란 물건이 놓여져 있었다. 엘리베이터 안에서 멈춰 선 채 주춤거리고 있는 사이 문이 성급히 닫혔다. 엘리베이터는 맨 꼭대기 십오층까지 불려 올라갔고 나는 십오층 사람이 타고 나서야 다시 칠층을 눌렀다.
　「애들이 거칠지 않게 다뤘으니 소리는 그런 대로 괜찮을 거예요. 다들 달라고 난린데 아가씨 생각해서 보내는 거예요. 그것만은 알고 받아주세요」
　그러고 보니 오전에 대전 올케언니한테 걸려온 전화가 생각났다. 지난 여름 친정 식구들이 모였을 때 큰오빠네가 가을쯤에 일본으로 떠날 것이라는 소식을 들은 것도 같았다. 그게 엊그제 같은데 출국이 일주일 앞으로 다가와 있었다. 그 안에 추석절이 끼여 있었다. 나이 터울이 많기도 하지만 한 집에 오래 살아본 적이 별로 없어놔서 어려서부터 다 크도록 큰오빠는 늘 손님처럼 어렵고 서먹한 사람이었다. 그런 연유로 평소 큰오빠네와 전화 연락이 뜸하기는 했지만 지난 여름 식구들이 모였을 때 올케언니한테서 들은 피아노 얘기는 다 잊고 꿈에도 없었다. 그런데 느닷없이 아침에 전화를 걸어 저녁에 받으라니 황당하기는 했다.

「경민이한테 이르기는 한데 장난감삼아 치고 놀라고 하죠, 뭐」

「왜요. 아가씨가 치면 되잖아요」

「제가 그럴 여유가 돼야지요. 손가락도 굳을 대로 굳어서 마음 주면 부담스럽기나 하죠」

「아무튼 이 피아노는 아가씨네가 제일 적합해요. 내가 가서 위치를 봐줘야 하는데. 소리도 좀 들어보고. 아, 할머니 계시던 방에 놓으면 되겠네요. 일곱시쯤이면 집에 도착해 있겠죠?」

「약속이 있기는 한데, 아니, 취소하고서라도 있어야지요」

「혹시 내가 못 갈지도 몰라요. 오빠 알잖아요. 자기는 신사 가방 하나 들고 먼저 떠나면 뒷감당은 나 혼자지. 그 세월이 장장 십육 년째라구요. 짐 챙기는 일이라면 이력이 붙어 베테랑인데도 막상 닥치면 또 그렇지가 않아요. 매번 태산이에요, 태산. 모쪼록 내가 못 가더라도 운반하시는 분들 따끈한 차나 한잔 대접해 주세요」

「알겠어요」

말은 그러마고 해놓고서는 전화를 끊고 돌아서자마자 그 사실을 까맣게 잊고 저녁까지 먹고 집으로 돌아오는 길이었다. 언니의 말이 뒤늦게 떠오르긴 했지만 문 앞을 떡 가로막고 있는 덩치 큰 피아노와 맞닥뜨리자 당혹스러운 것이 사실이었다. 몸체가 있으니 함부로 옮길 수도 없고 그럴 손도 없었다. 천상 날이나 새야 사람을 불러 집 안으로 들여놓을 수 있을 것이었다. 피아노가 문 밖에 버티고 서 있어서 그런지 그날 밤 쉽사리 잠이 오지 않았다.

아이 때문인지도 몰랐다. 경민이 낳고부터 줄곧 함께 살아오던 어머니를 상계동으로 분가시켜 드린 후 나는 하루 걸러 경민이에게 안부 전화를 넣게 했다. 어머니는 아침에 눈을 뜨면 일찌감치 이웃해 살고 있는 작은 딸네에 가 외손녀들을 돌보다가 밤이면 거처로 돌아와 주무셨는데, 오래 앓아온 관절염으로 걸음 떼기가 영 힘에 부치면 내처 삼사 일 딸네에 눌러 계시곤 했다. 그러면 경민이 목소리를 듣지 못하고서 일주일이 후딱 지나가는 것이었다.

「때가 가까워져서 그런지 요 며칠 부쩍 마음이 울적했는데 우리 경민이 목소리를 들으니 됐어!」

아이는 모처럼 연결된 전화기 저쪽에서 들려오는 할머니 말을 곧이곧대로 나에게 옮겼다. 아이가 따로 옮기지 않아도 어머니 목소리가 어찌나 큰지 쩌렁쩌렁 선 밖으로 밀려나왔다. 어머니가 때라고 말씀하신 것은 명절, 그러니까 또다시 코앞에 다가온 추석절을 뜻하는 것이었다. 어머니나 나나 큰동서나 무슨 무슨 때만큼 끔찍하게 피하고 싶은 것은 없었다. 때가 긴 기간 딴세상에 뚝 떨어졌다 오고 싶은 심정이었다.

「엄마, 울적한 게 뭐야?」

나는 잠자코 걸레질을 하며 아이가 전하는 말을 듣고 있다가 수화기를 건네들었다.

「경민이를 미리 보낼게요, 어머니」

「그럴래? 많이 바쁘지? 에구, 바빠야지. 여기 박서방이나 너나 밖에서들 고생이 많다. 안에서야 생각뿐이지 반나마 알겐? 쯧」

어머니는 아이와 함께 며칠 보낼 생각을 하니 생각지 않은 선물이라도 얻은 듯 기뻤던지 침울하던 음색이 확 밝아졌다. 아이를 위로삼아 보낸다? 이제 다섯 살밖에 안 된 어린것에게 벌써 몇 겹째 드리우고 있는 삶의 무게가 가슴을 짓누르면서 새삼 아이에게 미안한 생각이 들었다. 그러나 어쩔 것인가. 아이 할아버지가 전쟁통에 민들레 홀씨처럼 이남에 떨어져 뿌린 씨앗 중 겨우 살아 남은 존재가 그 아이이니.

「뭘요. 그나저나 작은형님이 편찮으시다면서요?」

「아, 글쎄 봄부터 시름시름 앓으니 무슨 변괴냐 그래. 병원서도 원인을 모르고. 확실히 우리 영감 묫자리에 이상이 있는 게 틀림이 없다. 아니 살아 생전 이놈 소리 한번 크게 않던 양반이 그래 거기 가서는 왜 그런다냐? 생사람을 둘씩이나 잡아가고서도 뭐가 모자라서…… 아무래도 내가 죽어야지. 이꼴 저꼴 더 볼 것 없이 내가 죽어야 끝장이 나지, 아암」

이 년 전 한식날 아버님 산소에 벌초 다녀오던 길에 교통 사고로 한꺼번에 두 아들을 잃었으니 어머니 마음을 헤아리지 못하는 것은 아니지만 나는 파리하게 야윈 작은형님의 얼굴을 떠올리며 절로 고개를 가로저었다. 꼭 일 년 전 내 모습을 보고 있는 것 같았다.

어머니의 자조 섞인 푸념을 듣고 있자니 지난날의 악몽이 되살아나는 듯했다. 작은형님의 병은 누구보다 내가 잘 알 수 있었다. 아니 나만큼은 다들 알 것이었다. 그런데도 서로들 묻고 답할 때는 〈도대체 왜 그러지?〉

하고 입을 다물었다. 작은형님은 병원을 바꿔가며 초음파다 내시경이다 시티 촬영이다 안해 본 것이 없었다. 이 병원 저 병원에서 한 열흘치 약을 지어주면 그때만 밥알을 씹어 삼키고는 약효가 떨어지면 또 시들시들 앓아누워서는 결국 식음을 전폐하다시피 음식을 멀리했다.

「그런 말씀 마세요, 어머니. 어머니가 그러시면 작은형님이 더 힘들어져요. 작은형님 마음을 어머니도 아시잖아요. 어머니가 붙들어주지 않으면 우리 중 누가 하겠어요. 아무것도 모르는 어린것들도 있고, 어머니가 힘을 내셔야지요. 죄송해요, 어머니……」

어머니가 상계동으로 이사를 하게 된 것은 큰동서가 앞서 주동을 뜨기는 했지만 순전히 작은형님이 거기 있기 때문이었다. 작은형님은 나이 서른을 훌쩍 넘기고서도 어머니를 떠나지 못하다가 하나뿐인 남동생인 경민이 아빠와 거의 동시에 결혼해 나온 탓에 다른 여느 형제들보다 미아리 집에 홀로 남은 어머니에 대해 자상발랐다. 과연 생때같은 자식을 한꺼번에 둘씩이나 잃은 에미 한을 풀어주고 돌봐줄 사람은 마음씨 곱고 잔정 많은 작은형님뿐이었다. 작은형님도 어머니를 거둘 사람이 결국 자기라는 것을 모르지 않았고 한사코 어머니와 함께 살기를 청했으나 어머니는 단호했다. 쪽박을 찰망정 사위 눈칫밥 먹기 싫다는 거였다. 처음엔 내 숨을 가로막고 있는 어머니의 고집 앞에 왜 저러시나 야속한 마음이 들지 않은 것이 아니었지만 어머니 입장에서 생각하니 그른 것만도 아니었다. 살다보면 지금껏 좋은 관계로 지낸 사위와 만에 하나 다신 안 보겠다고 등돌릴 처지가 되면 그보다 더 나쁠 수는 없는 것이 아닌가. 어머니 뜻도 따르고 작은형님의 보살핌도 닿고 하는 방식으로 작은형님네와 이웃해 어머니의 거처를 마련했다. 나에게서 이사 나간 뒤 어머니는 인근 정형외과에 하루도 빠지는 일 없이 관절염 치료를 받으러 나가면서 그곳에서 말벗도 사귀고 딸을 붙잡고 맺힌 마음도 풀고 하는 듯했다. 나와 함께 지낼 때에는 생각도 못해 본 일이었다. 다들 보기 좋아했고 언제나 어머니가 태산만한 짐으로 들어앉아 있던 내 마음도 한결 가벼워졌다. 그런데 어머니가 옮겨가신 후 채 한 달이 되기 전에 되레 어머니가 작은형님네를 돌보는 형편이 되었다. 작은형님이 뒤늦게 직장을 잡아 나가기 시작하기도 했지만 무엇보다 원인 모르게 앓기 시작한 데 문제가 있었다.

「그렇긴 그런데. 나도 개가 그러니 제정신이 아니다. 늬 집에 있을 때보다도 다리가 말이 아니야. 보기에만 내 다리지 쇳덩이처럼 무거워 한발짝 떼기도 여간 힘들지가 않아. 개는 몸을 줄이는 수밖에 없다고 먹는 것을 삼가라고 하는데, 오십 년을 이러구 살아왔는데 그게 말처럼 쉽네? 이 몸에 그것도 안 먹으면 어떻게 감당이나 허구? 그나저나 못 쓰는 기계가 다된 거이지. 힝, 너한 테 무슨 말을 더 하겠냐마는」

　나도 어머니한테 더 할 말이 없었다. 너무 잘 알아서 이기도 했지만 그것만큼 막막한 것이 또한 없었다. 어머 니의 식성만큼은 당신 슬하에 옹기종기 모여 있던 자식 넷을 다 분가시키고 난 후의 짧은 시절, 그러니까 그보 다 더 좋을 수 없을 정도로 복된 나날이었던 그때나 가 슴에 남은 것이라고는 참척의 고통밖에는 없는 이제나 변함이 없었다. 나는 세상의 반이 아니 세상 전부가 꺼 져버린 듯한 비통함 속에서도 수그러드는 기색 없이 왕 성하게 돋아나는 어머니의 식욕을 보며 몸서리를 친 적 도 있었다. 원초적 생명력의 위대함이라고 해야 할지 단 순함의 극치라고 해야 할지 나는 어머니의 지칠 줄 모르 는 식욕과 마주하면 할수록 밥알 한 톨을 씹어 삼키는 행위에조차 심한 자괴감을 느꼈다. 그러한 기분이 거듭 되자 허기를 채우기 위한 최소한의 요식 행위조차 할 수 없는 거식증세가 나타나기 시작했다. 거식증에 휘말리게 되자 강력한 마약에 휘둘린 사람처럼 아이에 대한 모정 도, 어머니에 대한 책임감도, 현실에 대한 절박함도 희 미한 기억 속의 과거처럼 느슨해지고 무의미하게 돌아갔 다. 일을 하다가도 퇴근해 오다가도 자주 의식이 혼미해지면서 어느 한 날 내 몸뚱이가 지금 이 시간대의 세상 공간에서 감쪽같이 사라지는 가상 현실을 체험하기도 했다. 헤어날 수 없는 무력증과 거식증의 늪에서 빠져나오는 길 끝에 어머니의 분가가 놓여 있었다.

「그래요, 어머니. 내일 아침 일찍 갈게요. 모쪼록 마음 편히 가지시고 안녕히 주무세요」

다음날 동이 트자마자 아이를 상계동으로 데려다주고 출근을 했다. 그러나 아이를 보내놓고 하루도 지나지 않아 막막해지기 시작했다. 퇴근해 빈 집에 문을 열고 들어오는 순간 남의 집을 잘못 찾아 들어온 것처럼 낯설기만 했다. 일은 일대로 손에 잡히지 않고 시간은 시간대로 허숭버숭 제자리를 맴돌았다. 이틀째 되는 아침 회사에 출근하면서 상계동에 전화를 넣으니 아이가 대뜸 울먹이며 투정을 부렸다.

「엄마, 나 우리집에 갈래」

나는 할머니가 듣고 서운해할세라 아이 말을 듣지도 않고 나무랄 생각부터 했다.

「왜에, 할머니랑 함께 있으니 좋잖아. 할머니도 경민이가 있으니 좋아하시고. 할머니한테는 경민이가 세상에서 최고 좋은 사람이야. 알지?」

「근데 나 응가 마렵단 말야」

오래 참아 화가 난 아이의 볼멘소리에 나는 웃음이 터

져나오려는 것을 꾹 참고 타이르듯 달랬다.

「그래? 그럼 할머니하고 누면 되잖아. 아무데서고 잘 누어야지. 경민이는 이제 다섯 살 형안데. 안 그래?」

아이는 잠시 심통맞게 서 있는지 아무 말도 않고 있다가 어리광 섞인 혀 짧은 소리로 툭 내뱉었다.

「그래. 그렇지만 할머니가 누라는 데에서는 응가가 안 나온단 말이야」

「그게 뭔데?」

나는 알면서도 그예 아이에게 다시 물었다.

「할머니가 그러는데 요강이래. 거기다 어떻게 응가를 눠. 난 내 화장실에서만 응가를 눌래」

「그래. 경민이 화장실에서 응가를 누면 좋을 텐데 지금은 그럴 수 없잖아? 거기 화장실에 가기 싫으면 마당에 신문지나 종이 펼쳐놔달라고 해서 눠. 알겠지? 아이 착하다, 우리 아들」

「응, 그래볼게. 그래도 안 나오면 엄마가 와야 해? 알았지?」

「나올 거야. 안 나오면 그때 또 생각해 보자. 그럼 됐지?」

「응, 됐어. 근데 엄만 언제 와?」

「일이 끝나면. 엄마도 얼른 경민이한테 가고 싶은데 일이 많네? 일이 많은 건 좋은 거지? 그치?」

「그건 그래. 그래도 엄마 빨리 와. 알았지?」

「그래 잘 알았다. 응가 잘 눠라? 안녕」

지난 겨울 이후 아이에게 아이엠에프란 말은 흔히 어른들이 아이를 얼르다가 궁할 때면 가져다 쓰는 뿔도깨비나 망태 할아버지 이상의 상징적인 권력을 행사하고 있었다. 〈아이엠에프잖아〉 하고 말을 하면 아이는 부리려던 떼도 거두어들이고 내가 이르는 대로 고분고분 말을 잘 들었다. 나는 전화를 끊고도 한동안 경민이 생각으로 웃었다. 아이는 까탈스런 성격은 아닌데도 변만은 좀체 다른 데서 누려 하지 않았다. 퇴근길에 아이가 맡겨져 있는 어린이집에 달려가면 아이는 나를 보자마자 엉덩이 쪽 바지를 움켜 잡고 급한 체를 하곤 했다. 아이를 붙잡고 몇 번이고 타일러봤지만 딴일에서처럼 금방 수긍을 하지 않았다. 똥을 누는 것만큼은 제 의지대로 하겠다는 뜻을 분명히했다. 아이를 키우면서 모두들 대소변 누는 교육부터 시키는 게 중요하다고들 하지만 또 그것만큼 생래적인 것이 있을까. 나는 아이의 주장이 합당하다고 생각하며 그 아이의 리듬을 억지로 거슬러가며 사육시키고 싶지 않았다.

「아, 한 시간이 뭡니까? 한 시간 반은 기다렸을걸요. 약속하셨다면서요」

내가 들어올 때 순찰중이라 자리를 비웠던 경비원이

내가 인터폰을 하자 기다렸다는 듯이 야단이었다.

「그랬군요. 제 언니도 왔던가요?」

나는 경비원이 운반원들 중의 한 사람인 양 미안해했다.

「아뇨? 여자분은 없었어요. 근데 경민이 엄만 그 흔한 핸드폰인가 뭔가 하는 것도 안 갖고 다니슈?」

「그러네요. 기계 종류를 끔찍이 싫어하다 보니……」

「요즘 시체말로 앞집 애완견이나 없지 그거 하나 안 갖고 다니는 사람이 어디 있습디까?」

「제가 좀 그래요. 하여튼 아저씨도 수고하셨어요」

대답을 하면서도 노골적으로 따지듯이 말하는 경비원한테 은근히 화가 나려고 했다. 아이랑 둘이 살면서 우리집에 누가 드나드는지, 무엇이 들고나는지 그 시, 분까지 정확히 꿰뚫고 있는 그들이라 무례하다고 여겨질 때가 있어도 그냥 넘어가기 일쑤였다. 그것은 웬만하면 나를 둘러싸고 있는 주윗사람들이나 환경과 잘지내고 싶은 마음이 빚어낸 결과였다.

「그러나마나 그걸 혼자 어떻게 하실 거예요?」

인터폰을 내려놓으려고 하자 경비원의 목소리가 귀를 찔렀다.

「네, 오늘은 어쩔 수 없고 옮겨도 내일 해야지요」

나는 그냥 끊을까 하다가 그래도 성읜데 하는 마음에

다시 대답을 했다.

「이 밤에 저를 붙잡고 어떻게 해보자면 제가 뭐 어쩌겠어요? 그래서 드리는 말씀이지요」

나는 인내심을 가지고 끝까지 경비원에게 친절하려고 했다.

「그래요? 괜한 걱정 하셨네요. 그럼 들어가셔요」

인터폰을 내려놓고 한동안 멍청하니 서 있다가 어머니가 쓰시던 방께로 걸어갔다. 난데없이 들이닥친 피아노가 불청객도 큰 불청객처럼 여겨졌다. 그러나 언니 말대로 생각해 보면 그런 것만도 아니었다. 어머니마저 나가고 아이랑 달랑 둘이 남고 보니 그렇잖아도 큰 집이 여간 쓸쓸하고 허전한 게 아니었다. 피아노라도 방을 채우면 어머니 무게는 아니어도 집안이 한결 그들먹해질 것은 확실했다. 나는 오래 닫혀져 있던 어머니 방 문을 살며시 열었다.

「에그머니나! 어머니 뭐 하시는 거예요?」

작년 이맘때 가을 늦은 밤이었다. 세탁기에서 빨래를 꺼내 베란다에 털어 너는 것을 끝으로 문단속과 소등을 하고 침실로 들어가려는데 가운데 짧은 복도를 두고 마주 보고 있는 어머니 방 문이 비스듬히 열려 있었다. 이른 아침에 집을 나가 어두워져서야 들어오니 어머니와 얼굴 맞대고 앉는 시간도 별로 없고 해서 중요한 일은 늘 회사에서 전화로 전하곤 하다가 생각난 김에 말해 두려고 어머니 방 문을 열면, 초저녁 잠이 많은 어머니는 그 좋아하는 일일 연속극도 채 못 보시고 밥숟갈 놓기 무섭게 코를 곯고 계셨다. 여느 때 같으면 이부자리를 봐드리고 조용히 문을 닫고 나오곤 했는데 그날만은 전에 보지 못한 끔찍한 광경에 발목이 덥석 잡히고 말았다. 비스듬히 문이 열린 어머니의 방 안은 물론 온 집 안이 깜깜한데 주름 자글자글한 어머니의 얼굴만이 데드 마스크를 뜬 달걀 귀신 모양으로 붉은 불빛에 도출되어 있었다. 나는 못 볼 것을 본 양 자지러지게 놀라 비명을 지르고 말았다. 내 비명 소리에 어머니가 배시시 눈을 뜨고 나를 바라봤다. 어머니의 눈동자가 나를 쳐다보고 있는 것이 어찌나 비현실적인지 순간적으로 나는 혹 꿈이 아닌가 허벅지 살을 꼬집어보고 싶었다.

「아, 상계동 박 서방이 사갖고 오지 않았겄? 백내장인지 녹내장인지 자꾸 눈앞을 가리는 것이 벌써 몇 해째냐. 보건소 댕겨서 걔네 들렀다가 생각없이 내싸지른 말을 박 서방이 맴속에 담아두었던지 엊그제 이걸 들고 오지 않았겠어? 왜, 너 거 최 누군가 하는 작가 선생 만난다고 청주 출장간 날 말이야. 열 적외선이라나 뭐라나. 십오 분씩 눈에 쬐랬는데, 그새를 못 참고 쏟아지는 잠을 낸들 어쩌니? 너두 애, 놀래기두 한다!」

너무 놀란 탓에 도깨비한테 홀려 끌려갔다 온 사람처럼 한바탕 헤집어진 머릿속이 좀체로 가라앉지 않았다. 어머니가 그 방을 떠나실 때까지, 아니 떠나가신 후에도 침실로 들어서려면 그 장면이 떠올라 지레 문을 꼭 닫고 잠을 청하곤 했다.

〈할머니 계시던 방에 놓으면 되겠네요〉

언니의 음성이 귀에서 되살아났다. 방 안으로 한발 들여놓자 오래 비워둔 채 사람 숨결이 닿지 않아서 그런지 어머니 방은 생각보다 더 냉기가 돌았다. 아이 아빠가 사고를 당해 세상을 뜨기 직전에 우리에게는 방이 네 개가 필요했었다. 그런데 아이 아빠가 떠나고 어머니까지 안 계시니 잠을 자지 않고 빈 채로 남는 공간이 더 많았다. 아이와 나는 마치 부재라는 큰 집에 대항이라도 하듯 한 방에서 꼭 끌어안고 잠을 잤다. 그러면 아이와 나의 뜨거운 숨결로 꽉차오른 침실 이외의 부재 공간이 시소를 타듯 밤새 오르락내리락하는 것 같았다. 기울기에

따라 오락가락하다 보면 잠은 멀찍이 달아나버리고 식은
땀만 이불 속을 후텁지근하게 달구었다. 그래서 잠자리
에 들기 전에는 방이란 방의 문을 몽땅 닫는 일에 철저
했다. 문이 닫힌 것을 확인하고 누운 후에야 마음이 안
정됐다.

〈아가씨가 치면 되잖아요〉

이왕 가져온 이상 경민이를 데려오면 시간 나는 대로
피아노를 칠 것이었다. 그러면 낮게 깔린 집안 분위기도
아이의 정서도 한결 나아질 것이었다. 나는 두 손을 깍
지 껴 손가락을 뚝뚝 꺾으며 피아노 놓을 자리를 둘러보
았다. 벽 한쪽은 창문이라 안 되고, 또 한쪽은 붙박이장
이라 안 되고, 그와 마주 보고 있는 쪽은 장식장이 있으
니 안 되고, 천상 침실 벽과 맞닿은 방문 옆 벽에 놓아
야 할 듯했다. 자리를 정하기는 했지만 어머니 자리에
피아노가 대신 들어서는 것 같아 마음이 언짢고 불편했
다. 그 방을 떠나시기 전날 밤 얼마 안 되는 짐이나마
꾸린다고 하면서도 당신이 평생 만들어 입은 옷가지만
만지작거리고 앉았던 어머니의 모습이 앞에 있는 듯 눈
에 밟혔다.

「어머니, 제가 좀 도와드려요?」

막내며느리인 주제에 도리어 막내딸 시집 보내는 어미
의 심정으로 시어머니의 분가를 지켜볼 수밖에 없던 나

는 애써 태연한 목소리로 어머니한테 말을 붙였다. 내일이면 떨어져 살게 될 거면서 어머니나 나나 여느 다른 날과 다름없이 아무 말 없이 청소를 하고 저녁을 먹었다. 그런데 내가 저녁 후 뒷일까지 다 정리하도록 어머니는 짐싸는 데 진전이 없었다.

「맞다, 맞어. 그렇게 하면 되겠다!」

어머니는 내가 당신의 옷가지며 바느질감이며 잡동사니들을 효율적으로 가방 안에 착착 게켜 넣는 것을 보시면서 장단을 맞추듯이 큰 소리로 말했다. 당신은 한번도 짐을 싸보지 않은 양반처럼 내 손길이 닿는 데마다 신기해하기까지 했다. 어느 정도 연세가 되면 심리도 행동거지도 퇴행적이 된다는 것은 경험으로 너무나 잘 알고 있었지만, 그래도 어머니의 응원과도 같은 장단은 내 마음을 있는 대로 착잡하게 만들었다. 나는 어머니의 장단에 맞추어 힘차게 짐을 챙기면서도 차츰 손에 맥이 풀리고 있었다. 사실은 씩씩하게 짐을 싼 것은 손끝이 떨리는 것을 들키지 않기 위해서였다. 한 보따리 두 보따리 짐이 정리되고 마지막 붙박이장 속에 있던 어머니의 외출복들 차례였다.

「그거? 이십 년도 더 됐어. 원래는 뒤에 단추가 붙었더랬던 거야. 애아범 학교 졸업식이고 입학식이고 무슨 식마다 입고 갔더랬지. 그눔 중학교 마칠 때이던가? 그눔 에미라 하니 담임 선생이 달려와 무조건 절부터 꾸벅했더랬지. 큰눔 작은눔 없이 줄줄이 그 핵꼴 다녔는데도 부모랍시고 선생한테 얼굴 한번 내밀기를 했나, 남들 죄 하는 봉투 한번 찔러넣어 줘보기를 했나. 그런데 선생한테 황망히 절부터 받고 보니 얼굴 둘 데 찾느라 마음은 허겁지겁이고 두 귀는 온통 벌집 쑤신 듯 웽웽이었지. 그런데 그 선생 내 몸뚱일 쳐다보고 한 다음 말이 뭬였는지 알겐? 아이쿠, 어머님께서 아이들 것까지 다 가져다 잡수신 거 아닙니까? 아이들은 하나같이 홀쭉한데 어머님은 풍채가 이렇게 좋으시니 하고 허허거리지 않았겐. 내 원 참, 그때만 돌이키면 불 싸지른 것같이 얼굴 거죽이 화끈거려야. 흠!」

어머니는 콧물이 나오는지 콧숨을 훌쩍 들이켜고는 내 손끝에서 개켜지는 옷가지를 참견하며 굳이 설명을 달았다. 설명이란 사실은 어머니가 그 옷을 꺼내 입을 때마다 했던 게 대부분이었다.

「그건 니가 백화점에서 사줬지이. 큰애가 백화점에서 사오는 게 죄 팔뚝에서 걸려 내치기 일쑤였는데 넌 어디서 골라왔는지 백화점 물건 치고 처음 내 팔이 들어갔더랬지. 거기 붙었던 칼라는 내가 도려내버렸잖네. 칼라 있는 옷 싫어하는 거이 이제 니가 잘 알지이. 흐음!」

어머니의 참견이 거듭될수록 나는 쇠심을 박은 듯 목

뒤가 뻣뻣해지는 것을 꾹 참고 짐싸는 데에만 열중하려
고 했다. 아무 말도 않겠다고 작정하고 있었으면서도 짐
을 다 싸나갈 즈음 나도 모르게 어머니한테 한마디 하고
말았다.

「어머니……」

불러놓고 나도 모르게 뭉쳤던 숨을 몰아 쉬었다. 머릿
속 갈등이 숨을 잡고 있었는지도 몰랐다.

「응?」

어머니는 백내장기로 흐릿한 눈동자에 힘을 주며 나를
쳐다보았다. 나는 어머니의 데꾼한 눈과 마주치자 하려
던 말문이 막혀 눈을 내리깔고 말았다.

「왜니?」

나는 짐보따리를 아까 어머니가 하던 것처럼 만지작거
리며 힘겹게 입을 열었다.

「이제부터는 제발 있는 그대로 입으셔요」

「그거이 무슨 말이냐?」

「더 이상 멀쩡한 옷을 뗐다 붙였다 하는 일은 마셔요」

나도 모르게 내 목소리가 떨리고 있었다. 어머니도
내 마음을 알았는지 어렵게 참았던 코를 팽 풀고는 되
받았다.

「그러고 보니 그렇구나. 어느 것 하나 멀쩡한 게 없
다. 개 버릇 남 못 준다고. 열댓 살부터 시작된 버릇이

뜯었다 붙였다가 열두 번도 더해 골백번인데, 어쩌자고 우리 엄만 그런 날 보고도 뭐라 한번 하지 않았는지…… 그게 그런가 보다. 내 팔자가. 힝!」

나는 덥석 어머니의 손을 잡고 싶은 충동을 강하게 제지시키며 마저 짐을 쌌다. 어머니나 나나 속마음을 더 드러내놓는 것만큼 잔인한 일은 없을 것이었다.

「이제 다 됐구나야. 에미 아녔으면 밤새 되작거리고나 있었을게야」

어머니는 올 것이 온 것을 받아들인 사람처럼 침착해 보이기까지 했다. 짐을 방 한 옆에 옹기종기 몰아놓으니 그것이 마치 어머니의 신산했던 일생을 보여주듯 애처러워 보였다. 어머니도 나도 한동안 짐꾸러미에 눈을 떼지 못하고 바라보기만 했다. 코끝에 매달리는 뜨거운 기운을 그대로 침으로 넘겨 삭이며 마지막으로 어머니 잠자리를 봐드렸다. 편안히 발 뻗고 누운 어머니를 확인하고 불을 끄고 방을 나오며 문을 조금 열어놓았다.

「부자는 아무나 되지 않나 봐……」

어머니는 문턱에 걸터앉아 당신 속옷들을 주무르며 푸념하듯 중얼거렸다. 나는 걸레질을 하다가 목에 가시가 걸린 듯 움찔 동작을 멈추었다. 등뒤에 있는 나를 염두에 두고 하신 말씀이었다. 명절 무렵엔 회사 거래처 인사치레 하느라 이리 달리고 저리 달리다 보면 정작 집안일은 뒷전으로 밀려나기 일쑤였다. 피아노는 도착한 날부터 집 안으로 들어가지 못한 채 밖에 버티고 있었지만 어쩔 도리가 없었다. 겨우 회사일을 일찍 마무리짓고 허둥지둥 어머니한테 달려가보니 경민이는 작은형님네에 가고 없었다. 지척에 살고 있는 큰동서는 성묘길이 막혀 내일 아침이나 온다고 했다. 나는 추석 장을 보기 전에 팔을 걷어붙이고 집 안 청소부터 시작했다. 얼굴이 울그락푸르락해지도록 닦아도 닦아도 어머니 방에서는 시커멓게 때가 묻어났다. 어머니는 작은딸 내외가 안내한 집을 직접 가보고 좋다 했으면서도 내 앞에서는 심심찮게 불평을 늘어놓았다. 빈 방을 줄줄이 거느리고 살면서 따로 어머니 거처를 마련해야 했던 사실이 어머니한테 올 때마다 가슴을 아리게 했는데 오래 되작인 탄식을 풀어놓으니 몸둘 바를 모를 지경이었다.

「이렇게 문턱이 높아서야 어디 나같이 무거운 몸이 들고나겐? 끄응」

나는 왜 처음부터 그 사실을 묵인했느냐고 되묻고 싶은 것을 번번히 참고 듣기만 했다. 어머니가 사실 집이니 어머니가 고려해야 했을 부분이 전혀 맞아떨어지지 않은 가운데 어머니는 딸네 내외가 보여주는 집에 고개를 끄덕였다. 내가 가보겠다는 것을 가뜩이나 회사에서 자리보전 어려운 때에 자리 비우면 안 된다고 극구 못 오게 하는 통에 어머니 말대로 마당도 있고 옆에 산도 있고 해서 좋겠거니 했는데 실제 가보니 그렇지가 않았다. 어머니는 사위 보기 미안해서 그냥 좋다고 수락했으나 내가 보기에는 그처럼 어리석은 처사가 또 없었다. 어머니는 큰동서나 딸네들한테는 이런저런 내색을 하지 않으면서 유독 나에게만 불평을 꺼내놓는가 싶어 어머니가 답답해 보였지만 어쩌니저쩌니 해도 내 눈으로 확인하지 않은 채 이사 들도록 내버려둔 내 불찰이 가장 컸다.

「요강이 아니면 무슨 수로 질질 새는 것을 감당하겠니? 턱이 보통 높아야지. 그래 그것도 살림이라고 미아리 골방에 밀어처 넣어둔 잡동사니를 실으러 간다기에 요강을 빠트리면 안 된다고 몇 번이고 다짐을 받았지. 큰년 작은년 무슨 요강이냐고 들고 날뛰는 걸 못 들은 척 챙겨온 게 얼마나 다행인지. 그렇잖음 요즘 세상에 어디 가서 그걸 구하누?」

아이는 요강에도 마당에도 볼일을 못 보고 결국은 작은고모부 편에 따라간 모양이었다.

「그래 내 생각에 부자는 아무나 되는 게 아니라는 거이지!」

어머니는 내가 걸레를 들고 등뒤에 서 있는 것을 흘끔 돌아보고는 있는 힘껏 속옷 등속을 틀어 짠 후 내 손에서 걸레를 빼앗아갔다. 나는 어머니의 살지고 넓은 등을 내려다보며 이런 생각을 해보았다. 어머니가 사셨던 칠십 평생 중 나와 지낸 사오 년이 가장 빛나는 세월이었을까? 큰 영화는 없더라도 아이 아빠가 아무 일 없이 이 땅에 존재한다면 당신의 푸짐한 등처럼 여생 또한 넉넉했을 것을…… 나는 고개를 저었다. 어머니의 말을 곧이곧대로 따라 듣다가는 내 마음이 한없이 어머니 쪽으로 쏠려서 또 헤어날 수 없는 깊은 수렁에 빠지고 말 것이었다. 그러면 나 역시 작은형님처럼 병원에서 규명할 수 없는 원인 모를 병으로 하루하루 사위어갈 것이었다. 나는 어머니 손에 말끔해진 걸레를 받아들고는 얼른 바닥에 엎드렸다. 어머니는 다시 걸레질을 시작하는 나를 한동안 물끄러미 돌아다보고 있다가 몸을 돌려 대야에 담긴 물을 하냥 쳐다보았다. 나는 잠깐 걸레질을 멈추고 방바닥에 시선을 꽂은 채 그대로 있었다. 닦아도 닦아도 지워지지 않는 방바닥 때를 살펴보느라 그러기도 했지만 나는 정작 당신이 하고 싶은 말이 남았음을 알고 있었다.

「부자란 덕이 있어야 되나 봐……」

어머니는 참았던 설움을 단숨에 빼내듯 대야에 담긴 물을 쏴 쏟아버렸다.

「맘먹고 쌓는다고 덕이란 게 아무나 얻어지남. 끄응!」

자리를 털고 일어서는 어머니의 다리가 유난히 휘청거렸다. 나는 공들여 문턱을 넘어 해 저문 마당가로 나가는 어머니의 등을 무심코 바라보다가 있는 힘껏 걸레질을 계속했다. 이번 추석만은 홀가분한 마음으로 지내고 싶었다. 어릴 적 달이 떠오르는 순간을 놓치지 않기 위해, 그 달에게 가슴에 담아왔던 소망을 말하기 위해 마을에서 가장 높은 뒷동산으로 형제들 손잡고 올라가던 날. 그때 나는 무엇을 빌었던가. 단 한번만이라도 그날로 돌아가고 싶었다. 빌 것이 남아 있다는 것은 아직 희망이 남았다는 것이 아닐까. 빈다면 이제 난 무엇을 빌 것인가. 그러나 아무리 추석 달이 완전해도 이제 내 마음속에 떠오르는 달은, 그보다 어머니 마음속의 달은 뜬 새도 없이 반이 떨려나가 있을 터였다. 아니 어머니 마음에는 영원히 달이 떠오르지 않을 것이었다. 언제나 그믐인 채로 당신의 남은 생을 끝낼지도 몰랐다.

「어머니, 저랑 함께 달구경 가요」

집 안 청소를 마치고 시장까지 봐놓고서 경민이를 데리러 가려던 참에 어머니 손을 이끌었다.

「앤? 추석은 낼 모레잖니?」

어머니는 한번 자리잡으면 좀체 엉덩이를 방바닥에서 떼려 하지 않았다.

「추석 달만 달인가요, 뭐?」

나는 어거지로 껴안다시피 어머니를 끌고 나와서 얼른 노인의 팔에 팔짱을 끼었다. 어머니는 싫지 않은 듯 멋쩍어하면서도 호호 웃으며 내 손을 꼭 잡았다.

어두운 골목길을 걸으면서도 어머니 방을 반들반들하게 닦아놓아서 그런지 마음까지 개운했다. 모처럼 어머니와 한몸이 되어 나란히 걸으니 둥그렇게 떠오르는 달 아래 축제라도 벌이고 싶은 기분이었다.

「어머니, 풍금 잘 치시죠?」

아이 아빠와 결혼하면서 미아리에서 묻어온 어머니의 흑백 사진이 생각나서 기분 전환도 할 겸 슬쩍 물어보았다. 물음 한켠으로는 끝내 들여놓지 못하고 밖에 두고 온 피아노가 마음에 걸렸다.

「아이구야 마야. 그게 언제적 일이냐? 나한테 그런 때가 있었기나 했는지…… 쯧」

어머니는 기억에도 없던 일을 내가 들추어낸 듯 펄쩍 뛰다가는 그때 기분이 되살아났는지 말끝을 흐렸다. 사진은 쥐가 갉아먹다 만 듯 네 귀퉁이가 온전히 남아 있지 않았지만 풍금 앞에 앉은 사진 속의 어머니는 르느와르 그림 속의 두 소녀를 연상시킬 정도로 부드럽고 복스럽게 보였다. 실제로나 사진으로나 내가 기억하는 어머니 모습 중에 그때처럼 아름답고 행복해 보인 적이 없었다. 그러고 보면 지금의 어머니에게 필요한 것은 가장 먼 곳에 놓인 기억의 양지 쪽을 더듬는 일일지도 몰랐다.

「엄마, 나 응가 누었어」

현관문이 열리자마자 경민이가 어머니와 나를 향해 뛰어나오며 소리를 쳤다. 삼 일만인가 보았다. 어머니도 나도 아이를 품으며 달처럼 환하게 웃었다. 애써 생각을 지어본다면, 그믐달이 그믐달로 견딜 수 있는 것은 이미 그 안에 보름달을 잉태하고 있어서 가능한 게 아닐까. 되돌아가는 길엔 아이와 셋이서 달이나 실컷 구경해야겠다고 생각하니 축제가 따로 없었다.

《소설과 사상》 1998년 겨울호

별은 빛나고

「저, 저어기, 다리 놓는 것 보, 보이지? 완성되면 머, 머얼리 돌아갈 것도 읎이 즈, 즉방이지 뭐냐」

　인희는 순재가 가리키는 바다 쪽으로 고개를 돌려보았다. 물이 빠져나간 갯벌 위에 무언가 끄트머리에서 끼적이다 만 낙서처럼 보잘것없이 다리가 만들어지고 있었다. 아니 다리는 만들어지다 만 상태라고 해야 맞았다. 다리는 웬만해서 진척이 되지 않을 것처럼 보였다. 인희는 다리보다는 오히려 다리 너머 보일 듯 말 듯 너부죽이 엎드려 있는 섬의 실루엣에 눈길이 가 닿았다. 첫번째도 아니고 두번째 다리가 놓이고 있는 셈이니 건너다 보이는 곳이 섬이라고 할 수 없으나, 인희의 눈에는 아무리 많은 다리가 놓여져도 섬은 섬이었다. 표나게 깃발을 내세우고 진행되는 대공사는 종종 신간 지도책의 지형도를 조금 바꾸어놓을지는 몰라도 사람들 머릿속에 박힌 지형도는 어쩌지 못할 것이었다.

「니, 니가 어, 어떻게 이 오빠를 다 부를 줄 아, 알았다냐. 증말 반갑다. 긍게 뭐어니 해도 사, 사람은 말이여 역시 사, 사람밖에 없지. 그 마, 말은 말이여……」

씩씩하게 말을 꺼냈던 순재가 말끝을 흐리고 담배를 베어물었다. 바다 건너 섬 쪽에 눈을 팔고 있던 인희는 문득 옆에서 조용해진 순재를 돌아보았다. 순재의 표정이 조금 전과는 사뭇 다르게 착잡하게 일그러져 있었다. 낮에 올케언니한테 얼핏 들으니 순재는 형 순철의 보증으로 은행 돈을 끌어다 의욕적으로 페인트 사업을 차렸다가 지난해 받은 약속 어음이 아이엠에프가 터지면서 모두 부도가 나는 바람에 형네 재산까지 날릴 위기에 처해 있었다. 순철은 공항동에서 횟집을 하다가 김포에 신도시가 들어서는 것과 때를 맞춰 가게를 확장해 제법 규모를 갖춘 가든을 차리고 있었다. 그는 까무잡잡한 피부에 키는 작달막하지만 손재주가 많고 눈썰미가 좋아 전국 각지에서 주워모은 돌을 손질해 가든을 온통 수석(水石)으로 단장했는데, 훤칠한 키에 미모를 갖춘 올케언니의 손맛과 싹싹함으로 그 일대에서는 얼추 자리를 굳혀

가고 있다고 했다. 그러던 것이 순재네의 파산으로 어렵사리 마련한 집도 가게도 차도 남의 손에 넘어가게 될 처지에 놓여 임기응변으로 친구에게 명의를 돌려놓고 있는 중이었다. 안면도에서 두 주먹 쥐고 올라와 네 동생들을 돌보며 이룬 삶이 하루아침에 거덜날 지경이었다. 그러나 순철은 오히려 담담해 보였다. 순재가 잘못해서 그렇게 된 것도 아니고, 제딴에는 열심히 뛰다가 그 모양이 됐는데 어쩌겠냐고 했다. 순재는 지난 한 달 동안 밤이면 올빼미처럼 눈을 휘번득거리며 형네 집에 쳐들어와서는 안절부절못하고 서성이다가 가게 골방에 쓰러져서 겨우 한두 시간 잠을 자는 게 전부라고 했다. 그것도 모르고 그들을 찾아온 것이 인희는 여간 무안하지 않았다. 막달로 접어들었다는 올케언니의 둥그런 배를 보자 민망함이 더했다.

김포 검문소 앞 신호기 앞에서 인희는 핸들을 꺾지 말았어야 했다. 그래서 처음 섬으로 가고자 했던 마음 그대로 길을 따라 달려갔어야 했다. 그러나 앞을 향해 달리면서도 항시 의식은 곁눈질을 하고, 옆으로 난 길로 들어설 실마리를 찾느라 전전긍긍인 게 사람의 마음이다. 떨쳐버리지 못하고 움켜쥔 고통이 크면 클수록 다른 사람의 삶 속으로 아무렇지도 않게 끼여들고 싶은 심정은 어쩌면 자연스러운 것일 수도 있었다. 앞으로 나아갈 길이 발밑에 더 이상 없을 때 사람들은 어떻게 할까. 보이지 않아도 계속 길을 갈까. 아니면 어디론가 뛰어내릴까. 인희는 차의 머리가 방향을 바꾸면서 다른 사람의 삶을 슬쩍 엿보고 싶었다.

강을 건너고 들을 지났다. 두텁게 쌓인 안개는 좀처럼 걷힐 것 같지 않았다. 섬이 가까워질 무렵 막연히 가슴 밑에 버티고 있던 두려움이 서서히 치올라와서는 목구멍을 조여왔다. 문제는 섬에 다녀온 후였다. 아니 혼자 섬에서 보낼 시간이 두려웠는지도 몰랐다. 그 동안 섬에서 무슨 일이 일어날지 몰랐다. 어느 날 아침 웃는 낯빛으로 외출했던 장우가 차가운 주검으로 인희에게 돌아왔던 것처럼. 신호기의 빨간 불에 걸려 멈추어 있는데 그 어름에 산다는 외사촌 순재가 떠올랐다. 인희는 왼쪽으로 핸들을 꺾었다. 대명리 포구 어디라고 했다.

「여, 여기라도 나, 나오니 숨통이 조, 조금 트이는 것 같다야」

순재는 한 달 만에 처음 밖에 나와본다고 했다. 그러고 보니 예전과 달리 순재가 말을 더듬고 있는 것을 알았다. 낮에도 커튼으로 창을 가리고 두더지처럼 방에 웅

크리고 있었다고 했다. 그는 누가 쫓아오기라도 하듯 자꾸 뒤를 돌아다보았다. 인희는 자기도 모르게 순재의 손목을 잡고 힘을 꾹 주었다. 인희의 마음씀을 인식해서인지 그는 초췌한 낯빛을 펴며 힘겹게 웃어보였다. 그러나 그의 가슴에 돌덩이가 들어앉은 듯 낯빛은 밝아지지 않았고, 불안을 삭이느라 힘준 눈은 금세라도 눈물을 쏟아낼 듯 부풀어올랐다.

「오빠, 내가 참 무심하지? 나란 애는 그저 나만 끌어안고 끙끙댈 뿐이야. 밖에서는 어떻게들 사는지 도통 보지도 않고, 알려고도 하지 않고……」

인희는 순재의 손에서 담배를 넘겨받으며 갯벌 가까이로 걸어 내려갔다. 갯벌로 내려가는 가두리도 변변히 없이 포구라고는 했지만 비좁고 어수선한 게 꼭 철시를 한 난장 같았다. 대하며 소라들을 좌판 위에 나란히 줄지워 내놓은 아낙네들이나 좌판을 건들거리며 구경하고 지나는 행인들이나 별 관심 없는 사람들처럼 서로 끌어들이지 않고 멀뚱히 바라보다 말다 했다. 무엇을 살 사람들 같아 보였으면 벌써 아낙들의 목청이 돋우어졌을 터인데 바람이나 쐴 겸 변두리를 찾은 발길을 청해 보았자 별반 소득이 없다는 것을 아낙들은 귀신같이 꿰뚫어보고 있는 것이었다.

「아, 아녀. 내가 되레 그렇다야. 사는 게 영 그렇다.

그, 근데 너 몸은 괜찮냐? 전번에 이모님한테 들으니 애까지 잃었다고 하던데……」

뒤따라와서 걱정스레 묻는 순재의 말에 인희는 잊었던 물건을 손에 잡아 쥐듯이 엉겁결에 두 팔로 배를 감싸며 어깨를 으쓱했다. 순재는 방금 전의 침울함을 떨치며 가슴을 펴고 숨을 크게 내쉬었다. 순재의 눈동자 가득 노을이 붉었다. 그의 입에서 나온 날숨이 금새 김이 되어 흩어졌다.

「형네 지, 집으로 오라 허니 거 가서 저녁 먹고 우리 집에 가서 하룻밤 자야지? 평생 가야 이렇게 얼굴 보기도 쉽지 않은디. 아, 아안 그러냐?」

인희는 섬을 바라다보며 깊게 담배를 빨았다. 순재의 말이 맞았다. 인희와 순재네는 다 크도록 외사촌이 있다는 사실을 말로만 들었을 뿐 내왕이 없었다. 외조부의 반대를 무릅쓰고 인희 어머니는 인희 아버지를 따라 홀홀 단신으로 전라도 땅에 가서 살았고, 한 분뿐인 이모는 안면도로 시집을 가긴 했으나 엄한 시어머니 밑에서 시집살이를 하느라 친정 나들이 한 번 하지 못하고 전쟁을 치르면서 소식이 두절되어 버렸다. 몇 다리 건너 겨우 연결되어 자매가 만났을 때는 이미 둘 다 환갑을 눈앞에 두고 있었다. 순재는 모친 환갑날에 나타난 이모를 보자, 반가워서 집 안팎을 업고 다녔다고 했다.

「응, 긍게 난 우리 이모가 세상에 웂는 줄 알았지야. 근디, 이모님이라고 혀서 넙죽 절을 올리고 보니, 섬밭서만 뼈빠지게 일하느라 거무죽죽한 우리 모친보다 너무 이쁘고 젊으신 거야. 왜 있잖여. 화사하게 밝고 분가루 냄새가 날 것 같은 그런 분 옆에 있으면 괜시리 가슴이 두근반 뛰는 거 말이여. 영락웂이 이모님이 그랬던겨. 그날부터 나도 어머니한테 크림이며 파운데숀이며 사다 드렸어야. 이모님처럼 뽀얗게 만들어드리려고. 근디, 인희야. 그게, 그렇다. 내 어머니는 그냥 돌아가신 게 아니여. 니가 어떻게 생각허고 있는지 몰러도」

인희는 순재가 더 말하지 않아도 그를 이해할 것 같았다. 순재는 지난 이야기를 하면서는 별로 말을 더듬지 않았다.

「나도 알아, 오빠. 이모님이 어떻게 돌아가셨는지. 그렇지만 오빠도 어쩌지 못할 일이었을 거라는 것도 알아」

순재는 인희가 하는 말이 위로가 되었는지 두 손으로 와락 인희의 손을 끌어다 잡았다.

「그려. 어머니는 가시기 전에 우리집에 오셔서 사셨지. 할머니도 돌아가시고 섬에 혼자 남은 어머니를 모시고 온 것은 나였어. 구십 난 치매 시모 똥 치다꺼리까지 허느라 고생만 쌔빠지게 헌 우리 어머니 한 번 호강시켜 드릴려고 혔지야. 이모님처럼 고운 한복이 잘 어울리는 노인네로 만들고 싶었던 거야. 일자리도 믿을 만허졌다, 방도 큰 것으로 한 칸 얻었겄다, 사귀던 느이 언니도 데리고 와서 동거를 시작혔지. 나는 어머니와 색시와 함께 행복하게 살고 싶었어야. 형들이 있지만 어머니는 내가 편안히 모시고 싶었지. 큰형이 고기잡이 나갔다가 죽은 이후 그런 생각을 더 혔어. 그려, 처음엔 사람답게 사는 게 이런 것이구나 싶게 행복허더라. 느이 언니도 울 어머니, 울 어머니 허면서 말여, 증말 성심껏 어머니를 모셨구. 시간이 흐르면서 방 한 칸에서 어머니와 함께 생활혀는 게 불편혔던지, 겨울이 되자 느이 언니가 가운데에 임시 방벽을 치자고 혔지. 우덜 새에 끼여 자느니 어머니도 편히 발 뻗고 잠자리에 들 수 있도록 말이여. 어머니도 쾌히 그러자고 허셨다. 그래놓고서, 봄이 되기도 전에 그만 덜컥 약을 잡숫고 말았다. 그려, 내 마음만으로는 안 되는 일이었다는 것을 어머니를 병원으로 실어가면서 뼈저리게 느꼈제. 어머니가 얼마나 할머니를 지긋지긋해 혔는지, 행여 당신이 그런 신세가 되면 으쩌나 내심 걱정했던 것이 생각났어. 그렇다고 끝거정 어머니를 섬에 홀로 두어야 혔을까이」

　인희는 쓴 소주라도 한 잔 들이켜고 싶었다. 가슴이 화끈거리는 것을 누그러뜨리며 이번에는 인희가 순재의 손등을 도닥였다.

「그래, 삶이란 마음 같지 않지. 늙은 어머니와 젊은
아내를 한꺼번에 끌어안기란 쉽지 않았을 거야. 더더욱
자식을 가슴에 묻은 노인네와 올케언니가 함께 산 것도
힘겨운 일이었겠지」

순재는 어젯일처럼 어머니의 죽음이 되살아나는지 인
희의 손에 얼굴을 묻고 괴로워했다. 자신이 지금 안고
있는 고통이 숨통을 막고 있는데도, 인희를 보자 묻어두
었던 죄책감이 고개를 드는 모양이었다.

「그려도, 그렇게 허셨어야 했을까이. 그 길밖에 없었
을까이. 어머니가 미웠어야. 난 얼굴을 들 수가 없었제.
나는 말헐 것두 읎고 느이 언니는 어땠겄냐. 형들 볼 낯
이 없었어야. 다행히 형들도 나에게 뭐라 허지 않았지.
연대까지 다들 어려운 가운데서도 지 몫을 헐려고 혔다
는겨. 어머니의 자살로 인해 우리 형제들 낯은 모두 형
편이 말이 아니었제. 혹시 누구를 지목해서 손가락질을
허면 어떻게 허남. 그렇게 되면 아무도 벗어날 수 없는
문제 아닌감. 그래서였는지, 당신 뜻대로 돌아가신 어머
니는 어머니고 다들 낯선 상황에 빠진 나와 처를 위로허
느라 여념들이 없었어. 난 어쨌든 깊이 생각허지 않기로
마음먹었제. 어떡허든 악몽에서 풀려나려고 부단히 몸부
림쳤지. 한 오 년 아내와 정말 열심히 일혔어야. 그것밖
에 더 있남. 애도 하나둘 낳고 살다보니 묻혀지데. 없어

지지는 않아도. 형들이 많이 도와줬다. 특히 순철이 형
네는 말헐 수도 없이. 그런데 또 이렇게 됐으니⋯⋯」
　인희는 술 생각이 간절했지만 순재가 모는 차에 몸을
싣고 순철네로 향했다. 검문소 앞 신호기에서 핸들을 꺾은
방향에서도 사뭇 다른 방향으로 하루가 흘러가고 있었다.
　「이참에는 어머니를 이해허겠어야. 자꾸 어머니가 눈
에 밟히고야」
　인희는 순재의 말소리가 귀에 잘 들어오지 않았다. 터
덜거리는 자동차 소리에 묻혀 순재는 혼자말을 하고 있
을 뿐이었다.
　「그래, 어머니 잘 허셨어유, 라고 말허고 싶어져야」
　뒤에 남겨진 섬은 점점 키를 낮추며 바닷속으로 가라
앉고 있었다.

　「인희예요. 메모를 남겨주세요」
　늦은 밤 순재의 집을 빠져나와 공중전화 부스에 들어
가 집에 전화를 넣었다. 전화를 받을 사람은 아무도 없
었다. 그런데도 인희는 틈만 나면 전화기를 들었다. 전
화기 속에서 흘러나오는 자신의 목소리를 듣고 있으면
서글픈 생각이 들면서도 한편으로는 안심이 되었다. 기

계 장치에 의해 어김없이 흘러나오는 목소리를 확인하면서 자기가 정말 어딘가에 살아 있다는 안도감 같은 것이었다. 그래서 한 번 전화를 걸기 시작하면 두 번 세 번 심지어는 열 번까지 전화를 해서 자기의 목소리를 들었다. 인희는 짧은 두 문장을 녹음하느라 시간 반이 걸렸었다. 장우가 돌연 교통 사고로 세상을 뜨고 나서도 인희는 한동안 전에 녹음된 것을 그대로 놔뒀었다. 「한인희, 변장우의 집입니다. 지금은 집에 없으니 메모를 남겨주시면 돌아와서 연락드리겠습니다」 이 말을 녹음할 때는 단 한 번에 해치웠다. 장우의 사십구재를 지내고 나서 녹음 메시지를 바꿨다. 인희의 생활권에서 장우의 이름이 떨려나가는 일이 많아졌다. 「안녕하세요. 한인희입니다. 저는 지금 집에 없습니다. 메모를 남겨주시면 돌아와서 연락드리겠습니다. 감사합니다」 인희가 녹음을 할 때 라디오에서 드보르작의 「슬라브 무곡」이 흘러나왔는지 〈찰칵〉 하고 응답기가 돌아가기 시작하면 목소리가 나오기 전에 싸락눈처럼 가늘게 무곡의 도입부가 흘렀다. 그 음악은 언젠가 장우와 구소련 영화를 볼 때에도 흘러나왔는데, 그것을 들을 때마다 집도 나라도 사랑하는 사람도 잃고 시베리아의 황량한 벌판을 걸어가던 한 남자의 뒷모습이 아련하게 떠올랐다. 슬라브 민족 음악이 담고 있는 광활한 대륙적 슬픔과 슬픔 뒤의 막막함이

인희의 목소리를 압도해서였는지 응답 녹음을 듣는 사람
마다 제발 다시 녹음하라고 한 마디들 했다. 갑자기 혼
자된 젊은 여자의 축축한 목소리를 듣는 것이 그들에겐
고문이었던 모양이지만 인희는 그러고도 한동안 목소리
를 바꾸지 않았다. 바꿀 생각이 없는 것은 아니었지만
버튼을 누르고 소리를 남기는 것이 한없이 귀찮게 여겨
졌다. 슬픔 아니면 무기력증, 아픔 아니면 울화가 인희
에게 남은 시간을 야금야금 갉아먹고 있었다. 그 중에서
도 무기력증이 가장 심했다. 아이가 뱃속에서 떨려나가
면서 죄의식과 불감증이 번갈아가며 인희의 무기력증을
심화시켰다. 사고가 나기 이틀 전 장우가 말했었다.

　「인희야, 이 아이는 섬에서 생겼으니 이름도 섬이라
하면 어떨까?」

　장우는 입덧으로 밤새 토악질하다 까부라진 인희의 배
에 대고 뱃속에 이제 막 떨궈진 생명체가 들으라는 듯이
말했다.

　「이름을 섬이라 지으면 아이가 그걸 어떻게 감당하겠
어? 장우 씨, 이름은 옛부터 사람들 속에 잘 섞이는 것
으로 하는 게 좋다고 했어. 귀할수록 더」

　인희가 매일 밤 뱃속에 자리잡느라 까탈을 부리는 이
질적인 생명체와 싸우고 시달리는 동안 장우는 그리던
그림은 버려두고 열 개도 넘는 이름을 짓고 풀고 하였

다. 결혼 삼 년 만에 처음 아이를 가졌으니 그의 심정을 이해 못할 인희가 아니었지만, 그가 지나치게 이름에 집착하는 것을 멀뚱히 바라보고 있노라면 그가 딴사람처럼 다시 보이기도 했다.

「내 친구 중에 시 쓰는 녀석이 있는데, 그래, 인희 너도 알지? 기석이라고. 그 녀석은 아이가 마누라 뱃속에서 나오는 순간까지 이름을 짓기만 하다가 못 짓고 결국은 이름을 〈이름〉이라고 지어버렸대. 그 녀석 이야기를 처음 들었을 때는 농담처럼 우습더니만, 생각할수록 그럴듯한 이름이라는 생각이 들어. 마지막 완성을 위한 한 점, 화룡점정이라는 것도 결국 거기에서 나온 것이 아닌가 싶기도 하고. 녀석, 시인이라 뭔가 다르긴 달라, 응」

몇 번째 집에 전화를 넣었는지 인희는 뒤에서 누가 기다리고 있는 것을 알아차리고는 공중전화 부스에서 나왔다. 순재 내외는 잠을 자지 않고 있었다. 인희는 화장실 거울을 물끄러미 들여다보다가 손가락으로 눈가를 아래로 내려보았다. 눈동자에 힘이 들어가 있어서 눈가를 내리니 눈동자가 눈살을 뚫고 밖으로 튀어나올 것 같았다. 옆방에서 조심조심 다투던 말소리가 점점 사납게 얽혀들었다. 인희는 슬그머니 아이들 방으로 들어가 잠든 아이들 틈에 누웠다. 창 밖은 휘영청 달이 밝았다. 조금 후에 순재가 문을 박차고 나오는 소리가 들렸다. 고요한 가운데 가끔 바람에 창문이 덜컹거렸다. 올케언니의 숨 죽인 흐느낌 소리가 창문 틈으로 스며들었다. 불안과 초조로 눈동자마저 붉게 충혈된 순재의 만류를 차마 뿌리칠 수 없어 하룻밤 함께하기로 하고 주저앉기는 했으나, 인희는 연극 무대에 잘못 끼여든 방청객처럼 예정없이 이들 속에 누워 있는 자신의 존재가 거북살스럽기 짝이 없었다. 고통을 덜어주기는커녕 고통 덩어리를 한 자루 더 보태는 꼴이었다. 시간이 흐를수록 순재가 거실에서 서성이느라 발 스치는 소리가 선명하게 귀에 잡혔다. 인희는 새근대며 잠든 아이들 몸의 단내를 맡으며 순재의 발소리를 귀에서 떨쳐내려 애썼다. 인희가 섬 생각에 몰두하며 발소리를 지우려 할수록 발소리는 면도칼처럼 얇고 예리하게 귓속을 파고들었다. 새벽 두시쯤 되었을 때 발소리가 끊겼다. 인희는 발소리가 끊기자 자신이 그 소리에 매달려 그것을 일일이 세고 있었음을 깨달았다. 높이 떠 있던 달은 지붕 위로 넘어가버렸는지 보이지 않고 새벽별이 깜박이고 있었다. 인희는 아침이 되면 섬으로 갈 생각뿐이었다.

끼익끼익, 보릿자루 같은 게 흔들리는 소리가 났다.

인희는 나쁜 꿈에 걸려들었다는 예감에 화들짝 놀라 깨었다. 밖은 여전히 별빛만 쟁쟁할 뿐 깜깜했다. 인희는 소리나지 않게 숨을 내쉬었다. 낮에 순재한테 들은 목매 자살한 부부 이야기가 생각났다.

「긍게, 저기 온천탕인지 호텔인지 보이제. 십 년 전이라면 여게 뭐 볼 것 있었냐. 땅 값도 형편없고 매사 보잘것없었지. 헌데 어느 날 땅 투기꾼 서넛이 들락거리더니 동네 사람들 땅 값을 풍선모양 부풀려놓고는 알맹이만 쏙 빼갖고는 내빼버렸제. 부푼 땅 값은 거품이었지야. 휘오리꾼들이 땅 파먹고 사는 순한 사람들만 골라서 골탕먹인다니, 그게 인두겁을 쓴 사람들이 헐 짓이여? 한껏 부푼 풍선이 바람 빠지면 을매나 추허냐. 속을 까 뒤집으면 밍글밍글한 침이 질펀득하게 흐르는 게 참을 수 읎지. 맨 그런 사람들이 주질러앉아 지 가슴이고 허벅지고 헐 것 읎이 뜯어대다가 숲으로 간 이들도 있고, 바다로 간 이들도 있었지야. 근디, 그날 목을 맨 그 젊은 부부는 여그 사람이 아니었다는겨. 하필 여그 와서 그 몹쓸 꼴을 보일 게 뭐라냐. 죽지 못혀 환장한 사람들 앞에 말이여」

인희는 눈을 감으면 대롱대롱 매달린 보릿자루 두 개가 눈에 밟혀 아예 눈을 뜨고 창 밖을 응시했다. 장우가 그리다 만 그림이 떠올랐다. 거적때기로 돌돌 말린 물체

가 달동네의 가파른 길 모퉁이 전신주 아래 버려져 있었
다. 인희는 처음 장우의 스케치를 보았을 때 눈을 찌르
는 듯한 통증을 느꼈다. 거적때기를 풀어 헤치면 그 속
에 무엇이 들어 있을지 몰랐다. 인희는 왠지 첫 느낌에
갓난아이일 거라는 생각이 들었다. 하늘엔 별이 총총하
고 아무도 돌아보지 않는 쓰레기더미 속엔 채 가시지 않
은 온기가 남아 있을 것이다. 그 어린것은 세상에 숨 터
나오자마자 죽음의 세계로 다시 돌아가고 있는 중이었
다. 장우는 무엇을 생각하는가. 인희는 장우의 등 너머
에서 가슴을 움켜쥐었다. 장우가 「달과 마을」 시리즈를
그렸을 때는 언제나 따뜻한 색감의 달이 있어서 좋았다.
서늘하고 창백한 달을 그렸을 법도 한데 장우는 따뜻하
게 달을 그렸다. 달을 그리면서 장우는 안에서 흘러넘치
는 어떤 기운에 한껏 붓을 맡기고 있었다. 달을 그리면
서 아이가 생겨서 그랬는지 인희는 둥글게 차오르는 달
을 보면서 그것이 생명의 잉태와 관계가 있는 듯싶었다.
인희는 장우가 그리는 달과 함께 잠들곤 했다. 장우의
달은 여러 형태의 지붕과 지붕, 사람과 사람을 모아서
한 세상을 이루곤 했다. 그러나 장우가 별을 그리면서는
입덧이 시작되어서 그랬기도 하지만 별을 쳐다보기가 편
안치 않았다. 별은 빛나는데 왜 그 아래 놓이는 것이 죽
음인지, 그것도 왜 갓 태어난 생명의 죽음인지, 인희는

묻고 싶었다. 그러나 인희는 묻지 않았다. 완성될 때까지 기다릴 것이었다. 그림은 별과 거적때기 부분의 마무리 터치만을 남기고 중단되었다. 〈별은 빛나고.〉 장우가 인희에게 제목을 말하지 않았다면, 그것은 무제로 명명될 것이었다.

「아가씨! 어여 좀 나와보세유!」

잠깐 잠에 빠져들었던 인희는 송곳처럼 귀를 찌르는 올케언니의 비명에 벌떡 일어났다. 소리는 안도 아니고 밖도 아닌, 분간이 가지 않는 지점에서 들려오고 있었다. 인희는 자주 보는 꿈의 환각에 걸려든 것처럼 어두운 방안을 두리번거렸다. 아이들은 여전히 깊은 잠에 빠져 있었다. 인희가 머뭇거리고 있는 사이 언니의 절규가 다시 밤의 적막을 찢었다. 인희는 이번에는 분명히 소리가 나는 쪽을 인지하고 황급히 뒤란 감나무께로 달려갔다. 감나무 줄기와 함께 순재가 목에 줄을 감은 채 땅바닥에 떨어져 있었다. 인희는 순재의 몸을 그러안고서 어쩔 줄을 모르고 있는 올케언니와 순재의 올가미를 번갈아 볼 뿐 어떻게 손을 써야 할지 아무런 생각이 없었다.

「이이가, 벌써 세번째 이러고 있어유. 흑」

인희는 올케언니의 어깨를 감싸 안아주다가 흉하게 늘어진 올가미를 순재의 목에서 풀어 거두었다. 숨이 트이

자 순재는 언니를 붙안고 키득키득 울기 시작했다. 인희는 올케언니와 순재를 마루에 끌어다놓고 그들을 남겨둔 채 방으로 들어왔다. 아이들이 깨지 않은 것만 해도 다행한 일이었다. 문을 등지고 서서 시계를 바라보았다. 새벽 두시에서 세시 사이. 자살한 사람들이 죽음에 빨려드는 시각이었다. 인희는 아이들이 깨지 않게 이불을 뒤집어썼다. 땀이 머리끝에서 발끝까지 흥건하게 흐르고 있었다. 꾸역꾸역 울음이 숫구쳤다. 그것을 삼키자니 이번엔 화가 치밀어 목구멍을 꽉 막았다. 밖은 더 이상 아무 소리도 들리지 않았다. 날이 밝는 대로 섬으로 갈 것이었다.

오빠, 인사도 없이 갔다고 나무라지 마. 언젠가 다시 불쑥 오빠를 찾아갈 날이 있을까. 그때는 오빠도 나도 조금 더 주름진 얼굴로 추억이라고 하기엔 가슴 아픈 오늘을 이야기할지도 모르지. 그날이 언제 오기나 할까. 어제 내가 오빠를 찾아온 건 순전히 즉흥적인 거였어. 오빠한테 말은 안했지만 사실 나는 섬에 가려고 했지. 그래, 오빠랑 어제 낮에 건너다보았던 그 섬에 말이야. 장우 씨를 처음 만났던 섬이지. 오빠가 하도 날 반기기에 섬 이야기는 입 밖에 꺼내지 못했지. 숨을 조여오는 초조와 불안 속에 오빠는 어떻게 날 반길 수 있었을까? 날 반기는 오빠의 얼굴에서 내가 무엇을 보았는지 알아? 무지개 같은 거였지. 무지개 같은 것이 스쳐 지나가는 것을 보면서 그래, 잘 왔다는 생각을 했어. 사실 나는 누군가 나를 잡아줄 사람이 필요했거든. 그러면서 섬에는 왜 가려 했냐고? 글쎄, 오빠를 보지 않고 섬에 갔더라면 오빠처럼 목을 매달 수는 없어도 어떤 다른 방법을 찾았을지도 몰라. 감쪽같이 이 세상에서 사라질 수 있는 방법을. 사람들은 말하겠지. 그 여자 그럴 수 있었다고. 사랑하는 사람을 둘씩이나 잃은 충격과 슬픔을 이기지 못해 따라간 것이라고. 가슴 아프지만 아름다운 이야기지. 오랫동안 후일담으로 남아 사람들에게 회자되겠지. 그럴까? 정말 사랑은 죽음보다 더 강한 것일까? 사랑으로 죽을 만큼. 잘 모르겠어. 사실 난, 사랑에 목숨을 걸만큼 순정한 여자가 못 돼. 오히려 사악하고 파렴치한 여자라고 해야 맞지.

한 달 전, 우연히 마을의 산부인과 병원 앞을 지나게 됐지. 마침 학원에 나가지 않는 날이었고 자잘한 은행 일을 처리하느라 그 부근으로 나갔던 것 같아. 횡단 보도를 건너려고 서 있는데 맞은편에 있는 병원 건물이 눈에 들어왔어. 오층 건물이었는데 사층이 산부인과였지.

벌써 일 년이 되었나 싶게 작년 이후 처음 그 앞에 서게 되니 정말 정신이 아득해졌지. 시간의 마력을 현기증 나게 느낄 수 있었어. 난 그 동안의 고통과 번민을 송두리째 뒤로 하고 마치 다음날처럼 그곳에 서 있는 기분이었지. 그래 장우 씨를 산에 묻고 내려온 그날 밤, 난 그곳에 누워 있었어. 삼일장을 치르는 동안 주변 사람들은 뱃속의 아이를 걱정했지. 난 그들을 향해 도리질을 쳐댔어. 도리질을 치면서 속으로는 제일 걱정하고 있었지. 나는 이제 어떻게 되는가. 아이는 이제 어떻게 되는가. 도리질은 그들을 향해 치는 것이 아니라 해답을 찾을 수 없는 나의 상황에 대한 도리질이었지. 가족들은 내가 고집불통이라고 걱정을 했지. 그래, 애비 없는 자식을 어떻게 키울래? 너는 그렇고 자라는 그 아이는 또 어떻겠니? 조문하러 온 친지나 친구들은 나를 위로한다고 껴안고서는 귓속말들을 떨궈놓고 갔지. 난 그들의 말을 들을 수도 안 들을 수도 없어서 더욱더 도리질을 쳤어. 한꺼번에 너무 많은 것을 생각하려니 피곤했지. 피곤이 산만큼 쌓인다는 말을 실감할 수 있었어. 산에서 실신을 했는지 눈을 뜨자 조그마한 병실이었어. 링거액을 갈려고 들어왔던 간호사가 아이는 무사하다고 했지. 그곳에 나를 데려갔다던 명진이 선배도 가족들도 다들 어디로 갔는지 보이지 않았어. 난 눈물밖에 나오지 않았지. 아이

166

는 무사하다고? 그때 내 심정이 어땠는지 알아? 차라리
아이에게 무슨 일이 있기를 바랐을 거야. 인간은 극한
상황에 처할수록 정신이 번쩍 드는 것이 사실이지. 내가
장우 씨를 떠나 보내면서 몸부림치고 실신해 나자빠진
것도 어쩌면 너무나 이성적으로 돌아가려는 내 정신 상
태를 견딜 수 없어서였을 거야. 연기 아닌 연기를 해댄
거지. 그렇게라도 그 순간으로부터 숨을 이어보고자 하
는 본능적인 힘이 발휘되었을 거야. 난 나가려던 간호사
를 붙잡았지. 그리고 은밀하고도 애원하는 눈빛으로 간
호사에게 매달렸어. 아이를 어떻게 해달라고. 간호사는
일이 분 나를 바라보다가 더 묻지 않고 고개를 끄덕였
지. 장우 씨라면 내게 뭐라 말해 줄까. 그래 난 많은 생
각을 한꺼번에 할 여유가 없었지. 병원에서 나왔을 때
햇볕이 너무 눈부셔서 눈을 뜰 수가 없었어. 무엇인가 내
뒤를 쫓아오는 것만 같았지. 장우 씨인가, 아니면……
난 쫓아오는 그 무엇을 떨쳐버리려고 일 년 동안 이를
갈며 버텼어. 날 자학하지도 죄의식에 시달리지도 않으
려고 했어. 그가 어느 날 갑자기 나를 버리고 가버렸듯
이 나도 그들을 버릴 수 있다는 생각을 했지. 난 그를
증오하고 싶었는지도 모르지. 그를 미워할 거리를 찾느
라 혈안이 되곤 했지. 그렇게라도 해야 어거지로 떼낸
생명한테 떳떳할 수 있을 것 같았어. 이런 나의 번민을

사람들이 알 턱이 없었지. 그들은 모두 내게 장우 씨에 대한 좋은 기억들만을 환기시켰지. 장우 씨의 인간됨과 장우 씨의 재능과 장우 씨에 대한 아쉬움들······

그들 중에 명진이 선배라는 사람이 있어. 장우 씨를 친동생처럼 아끼고 사랑했지. 명진이 선배는 나보다 더 그를 사랑했던 사람일지도 몰라. 여자는 가끔 자신보다 더 사랑하는 남자를 사랑하는 것은 아닐까 자문하지. 장우 씨 곁에 누우면 늘 그런 생각이 들었어. 그것이 속상하기도 했지. 어떻게 나 자신보다 더 남을 사랑할 수가 있을까. 여자의 사랑이란 무엇일까. 그러나 명진이 선배를 보면 생각이 달라졌지. 나보다 더한 사랑을 하고 있다고. 장우 씨가 죽고 시간이 흐르면서 명진이 선배가 걱정이 됐지. 내가 누구를 걱정하고 안하고 할 처지도 아니었지만, 바람처럼 여기저기를 떠돌다 보면 문득 명진이 선배가 보고 싶어졌지. 내 고통을 가장 잘 아는 사람이라 그랬을까. 가족들조차 아이는 병원에 닿기 전에 뱃속에서 이미 숨을 멎었다고 생각했지. 굳이 내가 아이를 지웠노라고 입 밖에 내지 않았어. 내겐 꼭 그래야만 할 이유가 없었지. 그들이 아는 대로 생각하도록 내버려두었어. 그러나 명진이 선배한테만은 분명해지고 싶었지. 명진이 선배라면 장우 씨의 생각을 대신할 수도 있을 테니까. 아아, 그래 난 끝까지 사악하지 못한 나 자

신이 가여워졌지. 명진이 선배는 아무 말도 하지 않았
어. 그저 웃었지. 그가 내게 해줄 수 있는 게 뭐였을까.
난 그의 미소를 보고 안심했어. 그리고 그를 믿었지. 언
제든지 이런 식으로 내 곁에서 나를 지켜줄 것이라고.
그런데 지켜준다는 것이 뭘까. 뭘 지켜주어야 하는 걸
까. 바로 어제 나는 그 생각을 하면서 섬으로 출발했지.
　글쎄, 난 진정 무엇을 원했던가. 다만 피하고 싶었어.
장우 씨가 없어져버리자 나에겐 늘 비바람이 몰아치고
천둥 번개가 쉴새없이 우르릉거렸지. 세상은 산산이 조
각나고 내 삶은 망가져버렸어. 난 나에게 닥친 모든 불
안과 불행으로부터 나를 지키고 싶었어. 난 더 이상 아
무런 균열도 흔들림도 없이 살고 싶었어. 그래, 다만 살
고 싶었어. 그러나, 살아진다고 해서 다 삶은 아니라는
것을 깨달았지. 사람들은 세월이 모든 것을 치유해 줄
것이라고 말하지만 과연 그럴까? 세월이 될 수 없는 시
기엔 그것처럼 믿을 수 없는 것이 없지. 그러나 그것처
럼 견딜 수 없는 진실이 또 있을까? 견딜 수 없는 지점
에 선 사람들은 오히려 분명해지는 게 아닐까? 그들에게
삶은 복잡하고 죽음은 분명해 보이지. 그들에게 죽음은
말이 없지만 삶은 구질구질하고 치욕스럽기까지 하다고
여겨지겠지. 이모님도 잠깐 그러하지 않았을까?
　오빠는 왜 죽으려고 했을까. 죽음이 비켜간 것을 오빠

는 진정으로 슬퍼하고 있을까? 다행이라 여기고 있을까? 오빠는 죽을 거면서 왜 나를 붙잡아두었을까? 혹 내가 섬으로 가는 길 도중, 검문소 앞 신호기에서 문득 오빠를 생각해 낸 것처럼, 오빠도 틈만 나면 밧줄을 매달 생각만 하던 참에 나를 만나자 반가웠던 것일까. 그래서 나를 붙잡아두고 이번에는 정말로 죽어보려고 했던 것일까? 아니면 섬으로 가려는 내게서 죽음의 기미를 엿보고서 나를 그쪽으로 가지 못하게 하려고 한바탕 연극을 벌인 걸까? 아니겠지. 오빠나 나나 옆을 볼 줄 아는 눈을 잃어버린 사람들이니까.

약간의 무게도 버티지 못하고 참을성 없이 찢어져버리는 것이 감나무 죽지의 속성이라는 것을 오빠는 몰랐던 것일까. 그것도 세 번씩이나 감나무를 오르면서. 오빠는 낮에 들려주었던 부부처럼 숲으로 가서 보다 단단한 밤나무 가지에 줄을 걸었어야 하지 않을까. 미안해, 오빠. 내가 이런 말까지 하다니. 만삭의 몸으로 오빠를 부둥켜안고 울고 있는 올케언니를 보자 웃음이 터져나오려고 했다면 내가 너무 비정한 사람이라고 하겠지. 그러나 정말 그랬어. 웃음을 참으려니 겨드랑이 밑이, 목울대가, 가슴팍이 참을 수 없이 간질간질해졌지. 나는 오래전에 떼버린 아이가 뱃속에서 나를 간지럽히는 것 같아서 헛배만 움켜쥐었지. 아가야, 제발 날 좀 그만 웃겨다오. 난

울고 싶지 않은데 간지러워서 눈물이 나오잖니, 날 좀
그만 웃겨라, 아가야, 제발. 그러나 간지러움은 멈춰지
지 않았지. 간지러움은 겨드랑이고 목울대고 가슴팍이고
할 것 없이 온몸으로 퍼져서 사정없이 날 괴롭혔어. 난
정신을 잃을 것만 같았지. 게거품을 물고 그 자리에 벌
렁 나자빠질 것만 같았어. 난 있는 힘을 다해 감나무를
올려다보았어. 군데군데 날갯죽지를 찢긴 나무는 사납게
흥을 드러내고, 하늘에 별은 왜그리 시리도록 환하게 빛
나던지. 겨우 정신을 차리고 나무 아래 떨어져 축 처진
오빠를 내려다보고 있으려니 어렸을 적 엄마가 자장가
삼아 들려주곤 했던 일본 동요가 뜬금없이 생각났지. 깜
깜한 밤길을 장님이 등을 들고 가길래 마주 오던 멀쩡한
사람이 장님에게 물었다지. 당신은 등을 가졌어도 앞이
안 보이는데 뭣하러 가지고 가오. 그러자 장님이 그랬
대. 나는 안 보여도 당신은 내 등 때문에 앞이 잘 보일
테니, 그렇게 되면 혹 당신이 어두워서 나 같은 눈먼 장
님을 못 알아보고 나와 부닥치는 일은 없을 것 아니냐고.
　내친 김에 우스운 이야기 하나 더 할까. 얼마 전에 시
외 버스를 타고 양수리를 지나오면서 새로 놓인 다리를
건너게 됐지. 다리 중간쯤 오는데 장식으로 만들어놓은
아치 중간에 한 무더기 창살이 하늘을 향해 박혀 있는
거야. 창살이라고 하기엔 창살 하나하나가 희고 날카로

웠는데, 햇빛을 받아서 그런지 눈이 부셨어. 두번째 아치를 지나면서는 웃음이 터져나왔지. 누가 나를 사정없이 간지럽히는 것 같았어. 그 근방에 사는지 옆에 앉았던 사람이 그랬던가. 자살 방지용 창살이라고. 나는 간지럼증이 싹 가신 듯 더 웃지 못했어. 물에 빠져 죽으러 강에 가는 사람은 다리 난간에 오르면서 수천 가지 생각을 동시에 하겠지. 아치 난간을 오르면서 중간에 자살 방지용 창살이 박혀 있을 거라고는 생각하지 못했을 거야. 부쩍 늘어난 자살자들을 감당하지 못해 새로 제작된 자살 방지용 창살을 보면서 나처럼 키득키득 웃음을 흘렸던 자들도 있을 거야. 웃으면서 생각했겠지. 그래 열에 하나 아니 열에 아홉은 저것 때문에 저편으로 가려던 것을 이편으로 마음을 돌려 다시 내려올 거라고. 죽을 빌미를 찾는 사람에게 죽음이란 더없이 거추장스러운 일일 수 있을 거야. 난간만 오르면 풍덩 뛰어내릴 수도 있을 것 같은데, 창살이 한 무더기 박혀서 지금까지 낑낑대며 메고 온 존재의 무거움을 한 순간에 한바탕 웃음으로 혹은 참을 수 없는 지겨움으로 몰아가니 말이야. 창살에 침을 뱉고 다시 내려오면서 그러겠지. 더럽고 치사해서 안 죽는다야!

오빠는 지금 웃고 있을까. 이 애가 무슨 흰소리를 이렇게 길게 씨월거리고 있는가고 찢어버렸을까. 아니면 울고 있을까. 이러고도 섬에 갈 수 있을까, 나는. 언젠가, 정말, 우리는 이날을 조금 더 주름진 얼굴로 만나 이야기할 수 있을까. 별은 빛나는데 환장하게 죽고 싶은 시절이 있었다고……

인희는 순재가 편지를 읽었는지는 확실하지 않았다. 다리는 여전히 놓이다 만 상태였고, 검문소 앞 신호기는 일정한 간격으로 파란 불에서 빨간 불로, 빨간 불에서 좌회전 신호를 거쳐 파란 불로 작동하고 있었다. 그리고 차들은 계속해서 섬 쪽으로 달려갔다. 그러다가 가끔 좌회전 신호를 받아 왼편으로 접어드는 차들도 종종 있었다. 다리가 놓이면 섬으로 가는 길은 더 쉬워질 것이었다. 그러나 다리는 그리 빨리 완성될 것 같지 않았다.

《현대문학》 1998년 9월호

가난한 마음

1

　동천(東川)에는 오늘도 바람이 분다. 잠에서 깨어 보니 곁에 자던 노인도 아이도 보이지 않는다. 창을 흔드는 바람 소리뿐 거실이고 부엌이고 아무 기척이 없다. 여진이 짐을 꾸려 이곳으로 내려온 지도 열흘이 되어간다. 베란다에 나가 울울한 나무숲으로 덮인 분황사를 거쳐 멀리 검푸르게 누워 있는 남산 어름을 눈으로 어루어 보다가 문득 길 건너 동천가 모래밭을 내려다본다. 한 줌이나 될까. 챙이 코밑까지 내려오는 넓은 모자를 쓰고 호미질을 하는 노인이 눈에 들어온다. 노인은 어스름 새벽부터 나가 앉아 해가 동천 높이 떠오를 때까지 호미질이다. 덕분에 노인의 채마밭은 인근의 어느 것보다 없는 것 없이 제법 규모를 갖추고 있다. 방금 전에는 보이지 않던 아이가 노인의 밭 두둑으로 뛰어들어온다.

「옛날엔 아무 쓸모 없는 자갈모래밭이라고 누구도 거들떠보지 않는 버려진 곳이었다지만, 이 흙과 바람이 아니었더라면 흐르지도 못하고 고이는 내 피눈물은 누가 씻어주었을까?」

어쩌다 여진이 아이를 앞세우고 채마밭으로 가면 노인은 열이면 열 번 한소리를 잊지 않는다. 여진은 건성으로 노인을 따라 푸성귀에 손을 내민다. 손에 잡히는 풀도 없이 서툰 손길로 푸성귀들을 기웃거리고 있노라면 아이는 흐르는 냇물에 돌던지기에 열중이고 노인은 오래 닫아 구린 입을 열어 해묵은 한숨을 토해 놓는다.

「벌건 대낮에 날벼락도 유분수지. 천지 사방에 피붙이라고 저것 하나 혹처럼 너한테 달랑 매달아놓고 김 서방 그렇게 훌쩍 뜨고 너 청상에 홀로 된 것도 채 다스려지지 않은 판에, 눈에 넣어도 아프지 않은 내 금쪽 같은 자식이 불벼락을 맞다니, 피잉」

여진은 노인의 하소연을 두어 마디 들어주다가 슬그머니 자리에서 일어나 내를 따라 걷는다. 그 길로 주욱 걸으면 호수다. 노인만큼이나 여진의 마음 또한 강퍅하고 가난한 것이 곁에 쭈그리고 앉아 있어준들 위로는커녕 한숨밖에 좋은 소리 나오지 않을 듯하다. 돌던지기에 여념 없던 아이는 주머니 가득 돌을 채워넣으며 여진을 뒤따른다. 걸으며 아이가 돌을 던져 일으키는 첨벙 소리에 노인의 궁시렁도 속절없이 묻혀버리고, 언뜻 돌아보니, 기세 좋게 번쩍이는 해는 벌써 노인의 정수리에 까마귀모양 달라붙어 쏘아대고 있다. 여진의 눈에는 하얗게 내리쬐는 햇살이 눈발인 양 어른거린다.

2

　마당에 이른 봄빛이 잠깐 들었다 나간 이월 어느 오후였다.
　「아가씨, 오빠가 없어졌어요! 아—」
　전화선을 타고 들려오는 분당 올케언니의 목소리가 꺼져가는 불씨처럼 안타깝게 들렸다. 삼월에 출간할 아동물 기획 시리즈 표지 시안을 테이블에 펼쳐놓고 주욱 둘러섰던 디자인실 동료들이 숨 죽이고 여진의 통화 내용을 듣고 있었다.
　「무슨 말이에요? 오빠가 어떻게 됐다구요?」
　여진은 동료들을 의식하며 벌어진 상황을 침착하게 되

물었다.

「회사에 불이……」

불이라는 말에 여진은 자리에서 벌떡 일어서며 꽥 소리를 질렀다.

「불이라구요? 그런데 오빠가 어디 갔단 말이에요?」

언뜻 벽시계를 보았다. 오후 네시 삼십분을 지나고 있었다.

「모르겠어요. 아침부터 아무리 찾아도 오빠만 없어요, 오빠만. 히잉……」

언니는 거의 실신 상태에서 울부짖고 있었다. 여진은 뒤통수를 누가 예리한 칼로 싹둑 베어가기라도 한 듯 어떤 상상도 잡히지 않았다. 오빠는 어디로 간 것일까. 풀리지 않는 주문처럼 그 한 문장만 머릿속을 꽉 채웠다.

표지 마무리를 팀장에게 맡기고 정신없이 차를 몰아 불이 난 현장으로 달려가면서 여진은 줄곧 일주일 전 아침을 생각했다. 구정 이틀 전이었다. 여진은 수시로 앞차를 비껴 엑셀러레이터를 밟으면서 그날 의진과 헤어질 때까지 특별히 무슨 낌새라도 없었나 수색하듯 기억을 더듬었다. 그날만 특별히 이상하게 보인 것도 없었고, 있다면 나이 사십에 첫아이를 본 의진이 세상 부러울 것 없는 사람모양 그럴 수 없이 행복해 보였다. 그런 의진의 모습을 부럽게 바라보며 여진은 언뜻 삼 년 전 비행기

추락 사고로 저세상으로 떠나기 직전의 아이아빠 기정을 보는 듯했다. 저절로 배어 나오는 밝은 표정하며 자신감에 찬 힘 있는 말소리, 어떤 상항에서든 여유로운 태도는 어딘가 기정의 그것과 닮아 있었다. 마치 앞서 기정이 밟고 간 꿈길을, 아니 못다 간 그 길을 의진이 걷고 있는 듯했다. 의진과 기정에 대한 기억들이 앞서거니뒤서거니 가슴에 밀려들면서 여진은 얼른 잘못 주워든 보석인 양 의진한테 느껴지는 부러운 감정을 털어냈다. 사람들은 얼마나 기정을 부러워했던가. 불행은, 아니 생의 끝은 이 세상에서 더 이상 부족한 게 없다고 느낄 때 찾아오나 보다. 인간의 욕망은 끝이 없다는데 짧은 행복에 만족하고 떠나버린 기정은 얼마나 마음 가난한 사람인가. 판교 톨게이트를 빠져나와 분당을 가로질러 광주로 넘어가는 고갯길로 접어들며 의진과 함께 기정을 찾아가던 그날 아침의 산행을 떠올렸다.

산으로 가는 길에 쌀가루 같은 흰 눈발이 날렸다.

「늘 오빠와 다녀서 그런지 김 서방한테 나 혼자는 못 갈 것 같아」

여느 해와는 달리 여진은 차례를 준비하러 상계동 시댁으로 가기 전에 미리 용인의 기정의 산소를 들러볼 겸 분당에 있는 의진의 집에 가 하룻밤 묵고 차가 밀리지 않는 이른 아침에 산소를 들러보기로 의진과 애기가 되어 있었다. 의진은 곁에서 제 집 꽃밭 가꾸듯 매제의 산소를 성심껏 돌보아주었고, 그날도 의진이 핸들을 잡았다. 여진이 혼자 기정을 찾아간 것은 손에 꼽을 만큼 몇 번 되지 않았다. 처음 일 년간은 한 달에 한두 번, 그리고 지난해부터는 한 달에 혹은 두 달에 한 번 정도 기정한테 갔는데, 처음이나 그때나 의진이 동행했다.

「네가 늦게라도 어젯밤에 왔으니 얼굴이라도 볼 수 있지. 너 출가하고부터 어디 명절 때 서로 마주칠 일이 있니? 너는 느이 시가 차례 준비하느라 바쁘고, 나는 경주 어머니한테 그리고 그 길로 처가로 가기 바쁘니」

의진은 삼월이면 첫돌인 아이를 베이비 시트에 앉히고 눈발 날리는 산길을 천천히 드라이브시켜 주었다.

「그건 그래. 엄마가 오빠와 분당 살 때는 그럭저럭 차례 마치고 찾아뵐 수 있었는데 엄마마저 경주로 내려가시고 나선 움쩍할 엄두가 나야지. 돌아오는 명절에도 이번처럼 여기부터 와야겠어. 오빠도 보고 애아빠한테도 들르고」

차를 진행시킬수록 내린 채로 살포시 덮여 있던 싸락눈이 길 밖으로 흩어졌다. 다섯 형제들 속에 어글더글 어울려 살다가 몇 년 새에 기정이 저세상으로 가버리고 형제들도 대전으로 경주로 뿔뿔이 흩어지자 여진은 광막한 바다에 홀로 뚝 떨어진 섬처럼 외로움이 사무쳤다.

그래서 의진 하나만이라도 직장을 다른 데로 옮기지 않고 근방에 살아주는 것만으로 고마울 뿐이었다.

「회사에 잠깐 들렀다 가야겠는걸」

산길에서 벗어난 차는 광주로 향하는 3번 국도를 타고 달리다가 외국어대 용인 캠퍼스 앞에서 좌회전을 받아 다리를 건넜다. 의진은 후면경으로 힐끗 아기를 주시하고는 여진에게 돌아보라는 듯이 고갯짓을 했다.

「오늘부터 구정 휴가 아니야?」

앞에서 주근주근 나누는 오누이의 대화에 아기는 치근 댈 줄도 모른 채 하얗게 변해가는 풍경을 바라보느라 분주하였다.

「경주에 내려가기 전에 마무리 장치를 한 번 더 점검해 놓아야 안심이 되지」

회사에 다다라 의진은 시동을 건 채 차를 입구에 세워 놓고 안으로 뛰어 들어갔다.

「참, 오빠 책임감도 알아주어야 해. 그런데 오빠 회사는 괜찮아? 사무직 못지않게 생산 현장도 말이 아니라던데……」

들어간 지 채 오 분도 되지 않아 달려나오며 의진은 원단 두루마리를 여진에게 안겼다.

「그게 내가 작년에 개발한 원사(原絲)로 짠 원단인데. 밖으로 수출하는 데는 우리 회사밖에 없어. 아이엠에프고 뭐고 우린 제품이 없어서 못 팔아」

여진은 원단을 풀어 눈 가까이 들어올려 찬찬히 뜯어 보았다.

「나도 책을 만들다 보면 자연히 새로 나온 종이를 제일 먼저 찾아보게 되는데, 아무래도 우리나라 종이는 질이나 색감 내는 데 있어 종이 선진국인 프랑스나 일본에 한참 못 미쳐. 디자인에 맞는 효과를 내려고 마음에 드는 종이를 선택하다 보면 손에 걸리는 것은 어김없이 수입 종이야. 쓰자니 값은 두세 배나 비싸고, 그러다 보면 책 제작 단가는 뛰고. 할 수 없이 실속주의로 가자니 디자인이랄 것도 없이 비닐 커버 씌운 듯 번득이는 아트지에 유광 표지들뿐이지, 뭐」

색도 색이려니와 빈틈없이 곱게 결진 천을 두 손가락으로 부벼보며 여진은 고개를 끄덕였다.

「오빠도 알다시피 예전에 백화점에 가서 맘먹고 체크무늬 옷을 사려고 보면 눈에 차는 것은 이태리제나 영국제가 대부분이었잖아, 왜. 그런데 이건 정말 정교하네, 응?」

의진은 원단을 풀어 앞뒤로 되작이며 신기해하는 여진의 표정을 흡족한 듯이 건너다보고 있다가 차 박스를 열어 우박같이 생긴 하얀 알갱이를 몇 알 찾아내 여진에게 건네주었다.

「그게 원료야」

「여기에서 실이 뽑혀져 나온단 말이지?」

여진은 두 손가락으로 알을 집고는 밝은 쪽으로 내밀어보았다. 우윳빛이 도는 반투명 흰색 알갱이었다.

「녹으면 모두 기름이야. 그러니까 기름 덩어리인 거지」

여진이 들르지 않은 몇 해 사이 회사 건물이 몇 채나 더 들어차 있었다. 조립식 가건물도 있었고, 뒤편으로는 기숙사인지 벽돌로 지은 이층 건물도 눈에 띄었다. 말을 안해도 회사의 성장을 알 만했다.

「사람들은 벌써 모두 떠났나 봐?」

그러고 보니 의진이 섬유 계통으로 발을 들여놓은 지도 이십여 년이 되었다. 형과 동생들의 대학 진학 때문에 자신의 진학을 포기하고 공고를 나와 이날까지 기계 속에서 살아온 의진이었다. 사나운 성격 같으면 대학 못 간 것을 동생들 탓으로 돌릴 만도 한데 의진은 이날 이때까지 얼굴 한 번 붉힌 적 없이 졸업식마다 앞장서서 이끌며 사진을 찍어주고 대견해할 따름이었다. 여진은 원단을 다시 들여다보며 의진이 새삼 자랑스럽기도 하고 고맙기도 했다.

「어디? 몇 사람만 빼고 모두 외국인인걸. 말도 마라. 여기 사람들 쓸 때는 명절이라고 마음 놓고 쉰 적이 있냐? 사장서껀 다들 떠나도 난 늘 대기중이었지」

　의진은 고개를 설레절레 흔들었다. 하기야 여진이 잘은 모르지만 의진이 기술 하나 믿고 안 사장 만나 동업이라고 회사를 차린 십수 년 이래 늘 사람난에 시달리는 눈치였다.

「나는 처음 기계 돌릴 때와 끝마칠 때 봐주는 것 이외에는 손을 안 대. 모두 외국인들 손에서 돌아가게 해놓았지. 그들은 불평 한 마디 않고 오히려 얼마나 고마워하는지 아니? 성실하기는 또 얼마나 성실하고」

「오빠가 그만큼 인간적으로 챙겨주고 대해주니까 그렇지」

「여기 사람들한테는 안 그랬냐? 똑같이 했지. 난 기계와 씨름할 때는 아무리 해도 피곤한 줄을 모르겠는데 아랫사람 다루기는 영 힘들더라. 여기까지 온 게 이제 이년째다. 참 편해졌지. 옛날 같으면 구정 당일에나 갈 생각을 하지, 오늘처럼 이틀 앞서 경주까지 가는 게 가능이나 했겠니?」

　하긴 그랬다. 의진의 완벽주의도 알아주어야 했다. 그는 집에서 출퇴근하면서도 명절 때면 지방에 사는 동료들을 일일이 데려다주고 오느라 형제들이 다 모인 후에나 늦게 얼굴을 내밀곤 했다.

「눈길 미끄러우니 조심해서 가거라」

　아침을 먹고 아이를 뒤에 태우고 서울로 향할 때 의진

이 차 유리에 내린 싸락눈을 후 불어 날려주며 조심 운
전을 당부했다.
　「아기 데리고 경주까지 가려면 오래 걸리겠네. 그렇더
라도 산천 구경하며 천천히 가」
　여진도 한 마디 잊지 않았다.
　「그래. 경주 다녀와서 보자」
　의진은 집 앞 다리까지 걸어나오며 여진의 자주색 차
가 보이지 않을 때까지 손을 흔들었다.

3

　여진은 손을 들어 흔들려고 하다가 문득 앞에 아무도
없음을 깨닫고 발길을 멈춘다. 생각이 깊어지면 환영(幻
影)이 되나 보다. 여진에게 손을 흔들어 보이던 의진은
온 데 간 데 없고 풀섶에 숨었는지 모습을 나타내지 않
는 새소리만 따갑게 귀에 박힌다. 돌아보니 갈 길이 까
마득하다. 멀기도 하고 길이 굽어서 노인은 보이지 않는
다. 집 안에 누워 들을 땐 지진이라도 난 듯 요란하게
창문을 흔들어대던 바람도 거칠 것 없는 동천 들녘에 서
면 부는 줄도 모르게 지난다. 해가 떠오른 동편 호수 쪽
인지, 노인이 있는 서편의 분황사 쪽인지, 그도 아니면

북편의 백률사 쪽인지 여진은 가닥을 잡아보려 하지만
어디에서 와서 어디로 가는지 바람의 정처를 알 수 없
다. 하긴 바람이 정한 곳이 어디 있으랴. 슬몃 스치는
여진의 콧등이거나 겨드랑이 사이 혹은 가랑이 사이마저
도 바람의 거처이거나 바람의 나라, 자연일 터이다.
　「물 먹고 싶어」
　주머니에서 돌멩이를 모두 비워버린 아이가 집으로 돌
아가자고 보챈다. 잠에서 깨자마자 할머니 따라 나온 것
이 한참 되고 보니 배도 고프고 목도 타고 다리도 아픈
모양이다. 사방을 둘러보아도 동천을 따라 난 자동차 길
과 메마른 냇가 둔치뿐 목을 축일 만한 데는 눈에 띄지
않는다. 둔치를 따라온 만큼만 걸어가면 호수다. 돌아가
기에도 더 나가기에도 어중간한 거리다. 호수에나 가야
목을 축일 수 있을 것이다. 여진이 돌아서기까지 아이는
한 발짝도 움직이지 않고 버티고 서 있다. 아이도 아이
려니와 빈 손으로 나온 것이 잘못이다. 여진은 아이에게
다가가 앉아 등을 내민다. 아이는 몇 번 등을 떠밀다가
어거지로 업힌다.
　「물 먹고 싶단 말이야」
　아이는 앵두처럼 빨갛게 상기된 볼을 하고 같은 말을
되풀이한다. 여진은 아이의 엉덩이를 토닥이며 호수를
등지고 노인이 앉아 있는 쪽으로 걸어간다.

「옛날 이야기 하나 해줄까?」

아이는 유난히 옛날 이야기를 좋아한다. 여진은 아이를 일찍 재울 때나 먼 길을 떠날 때면 옛날 이야기를 하고 또 해야 한다. 아이는 같은 이야기라도 들을 때마다 눈을 반짝이며 숨소리도 내지 않고 이야기에 빠져든다. 여진이 이야기를 시작할 때면 노인은 매번 옛날 이야기를 좋아하면 가난하게 산다던데, 하며 염려를 달면서도 함께 귀를 기울인다.

「선형아, 여기가 어디니?」

아이는 지치고 시무룩해져서 얼른 대답을 하지 않는다.

「여긴 옛날 신라라고 하는 나라의 왕이 살던 곳이야. 선형이도 알지?」

여진이 고개를 쑥 빼서 등에 착 달라붙은 아이를 돌아보며 얼른다.

「경주잖아」

어서 이야기나 하라는 듯 아이가 볼멘소리로 삐죽 대답하고 반대쪽으로 고개를 돌린다.

「응. 우리 선형이 냇가에서 돌멩이 줍는 거 좋아하지? 오늘은 그 돌멩이에 얽힌 이야기를 하나 해줄게」

여진은 이야기 한 줄기로 아이의 목마름을 대신할 생각이다. 이야기를 꺼내긴 했지만 해가 뜨겁기도 하고 등에 매달린 아이의 무게가 짓누르기도 해서 여진은 조금

걷다가 그만 다리 힘이 풀리고 만다. 그러거나 말거나 아이는 귀를 곤두세워 이야기를 기다린다.

「옛날 이곳에 손순이라는 아저씨가 살았다는구나. 그 아저씨는 선형이 할머니같이 나이 많은 늙은 어머니와 아내와 또 우리 선형이만한 아이 이렇게 넷이서 살았대」

여진은 하아, 하고 한 번 숨을 고른 다음 아이를 들쳐 없고 노인을 향해 걸음걸음 이야기를 풀어놓는다.

손순은 그의 아내와 남의 집 품을 팔아서 늙은 어머니를 봉양했는데, 그의 어린아이는 언제나 할머니의 음식을 빼앗아 먹었다. 이를 민망히 여긴 그는 그의 아내와 논의해 아이를 산속에 데려가 묻을 작정을 했다. 아이는 다시 얻을 수 있지만 어머니는 다시 모시기 어려운데 그 음식을 빼앗아 먹으므로 어머니가 얼마나 배고플까. 차라리 아이를 산에 가 묻는 편이 낫지. 그렇게 생각한 것이었다.

「엄마, 무서워. 나 물 달라고 하지 않을래. 이야기도 하지 마」

내용을 제대로 알아들었는지 아이는 그것이 진짜 이야기인 양 겁에 질려 여진의 입을 가로막는다.

「이제 돌멩이 이야기가 나오는데? 무서운 거 아니야. 저어기 할머니 보이네」

밭일을 마쳤는지 냇가에 내려가 앉은 노인이 돌멩이처

럼 조그맣게 눈에 들어온다. 아이가 등에서 번쩍 일어서서 노인을 소리쳐 부른다. 소리를 들은 노인이 아이를 향해 두어 번 느리게 손을 흔든다.

「그런데 돌은?」

노인을 확인하고 안심이 되었던지 아이는 등에 납죽 엎드리며 이야기를 채근한다.

「응. 저기 산 보이지?」

여진은 숨도 몰아쉴 겸 남산을 향해 멈춰 선다.

「그런데 돌은?」

아이는 남산을 보는 둥 마는 둥 돌이 궁금하기만 하다.

「그 아저씨와 아줌마가 아이를 데리고 저기 저 산속으로 데려가 땅을 파는데 그 속에서 이상하게 생긴 돌이 하나 나오더래」

손순이 돌을 주워올려 유심히 살펴보니 종 모양이었다. 부부는 놀라고 괴이하게 여겨 잠시 숲의 나무 위에 걸어놓고 두드려보았더니 그 소리가 은은하고 들을 만했다. 부부는 이상한 물건을 얻은 것은 아마 이 아이의 복인 듯하니 묻어서는 안 되겠다고 여겨 아이와 돌종을 지고 집으로 돌아왔다. 돌종을 들보에 매달아 두드렸더니 그 소리가 대궐까지 들렸다. 왕이 그 소리를 듣고 신하를 시켜 사실을 알아보고는 어머니께 효도하는 효자를 하늘이 알아보았다 하여 집도 내리고 해마다 쌀, 보리를

주며 지극한 효도를 표상했다. 손순은 그 집을 절로 삼
고 돌종을 달아 많은 사람들에게 효심을 일깨웠다.
「우리 그 돌 보러 갈까?」
여섯 살 아이에게 들려주는 이야기치고 긴장감이 부족
했던지, 늘 해피 엔딩으로 끝나는 결말이 싫증났던지 아
이는 끝에 가서 별 반응을 보이지 않는다.
「그게 어딨는데?」
여진은 아이를 등에서 내려놓으며 한달음이면 닿을 노
인을 손으로 가리킨다.
「할머니이―」
아이는 노인을 새로 발견한 양 소리를 치며 달려간다.
아이란 그런가 보다. 열 번 보면 열 번 본 대로 혈육을
향해 내달리는 존재. 여진도 다 자랄 때까지 노인만 보
면 소리쳐 달려가 품에 안기곤 했다. 그 아이는 어디로
간 것일까.

4

「내일 아침까지 희망을 가지고 기다려봅시다」
현장에 도착했을 때는 이미 해가 지고 어두웠다. 회사
로 들어서는 길 입구부터 온통 불내가 진동했다. 직감적

으로 여진은 의진을 다시는 볼 수 없을지도 모른다는 생각이 들었다. 그러자 여진은 심장이 까맣게 타들어가듯 온몸에 경련이 일었다. 여진의 차가 현장에 닿자 의진의 막역한 친구이자 안 사장의 조카인 익수가 여진을 알아보고는 달려와 차 문을 열었다. 차에서 내려서기도 전에 여진은 그 자리에 털썩 주저앉았다. 불과 일주일 전에 의진을 따라 돌아본 현장이 거의 전소되어 기둥뼈만 비죽이 흉하게 치솟아 있었다. 여진은 그 꼴이 의진의 것이라도 되는 듯 고개를 들고 바라볼 수 없었다. 엉거주춤 주질러앉은 흙바닥에 우박 알갱이 같은 원료들이 하얗게 박혀 있는 것이 눈에 들어왔다. 기름 덩어리들이야. 의진이 덧붙이던 말이 악귀의 쏘삭거림처럼 선연히 되살아났다. 하얀 알갱이들이 의진의 살을 태우고 뼈를 녹였을 거라는 생각에 미치자 여진은 으스스 진저리를 치며 일어나 불씨가 채 가시지 않은 시커먼 구덩이 속으로 몸을 내달렸다. 익수가 필사적으로 여진을 움켜 안았다. 뼈조각이라도 찾을 수 있다면, 온전히 육신이라도 구할 수 있다면……

「아침부터 지금까지 있을 만한 데는 다 찾았는데 나오지 않으니 어디라도 잠시 피신해 있는지도 모를 일이지요」

회사는 다 타 없어졌는데 의진이 이 시간까지 어디에

숨어 있단 말인가. 의진이 그럴 사람인가. 여진은 아직
도 불기가 사그라들지 않은 시커먼 현장을 차마 눈 뜨고
바라볼 수 없었다. 모여 섰는 사람들이 몸부림치는 여진
을 힐끔힐끔 쳐다보며 한 마디씩 주워들은 말들을 내뱉
았다. 여진의 귀에는 누구의 말도 들리지 않았다.

　「연휴 마치고 오늘 아침에 첫 시동을 걸다가 잘 안 된
모양이에요. 겨울에는 며칠 기계를 꺼두면 얼기도 해서
그 부위를 불로 녹이곤 한 모양인데, 이번엔 어쩌다가
불씨가 벽에 세워둔 스티로폴에 튀었나 봐요. 이때까지
실수라고는 한 번도 한 적 없는 빈틈없는 사람인데……」

　「불이 번지자 사람들을 다 피신시켜 놓고 소화기를 들
고 다시 들어갔다지요?」

　「아, 다른 사람들은 모두 멀쩡히 살아들 있는데 그 사
람만 안 보이니 이렇게 애가 타는 것 아니요」

　「글쎄. 저 안이 빽빽이 화학 섬윤데 그깟 장난감 같은
소화기로 당해낼 수 있남? 의진이 그 사람, 아니 공장장
이 어떤 사람이요? 무엇이든지 그처럼 빠르고 훤히 꿰차
버리는 사람은 못 봤소. 그런데 알다가도 모를 게 그같
이 영리한 사람이 다시 불속에 들어갔다는 거요」

　「원숭이도 나무에서 떨어질 때가 있다잖남? 의진이 그
사람 눈에 헛것이 씌인 거이지, 뭐」

　「다시 나왔는지도 몰라요. 뒤편으로 나와 가는 걸 누

가 봤대잖아요」

「아니, 이층에 미스 리인가 하는 경리가 나오지 못했다고 다시 들어갔다잖아요. 경찰이 외국인을 잡아다가 족치니 그렇게 말하더라는데?」

「함께 일하던 사람이 우리나라 사람이었으면 공장장이 뛰어들어가는 것을 막았을 거인데. 죄 외국인들이니 불 보고 놀라 지들 달아나기 바빴겠지, 뭐. 쯧」

「아무렴. 타국까지 돈벌러 와서 불귀신 될려 했겠어?」

「아무래도 그게 실수라면 실수였어. 외국인을 심어놓은 거이」

「이러니저러니 간 사람 욕되게 입방정 떨지들 말고 자중들 혀. 어린애고 미스 리고 아프리카 깜둥이꺼정 그 사람 덕에 멀쩡히 살아들 있잖는감. 살신성인이란 옛말이 이를 두고 하는 말이지 뭐여……」

5

아이는 흐르는 물에 발을 씻는 노인 옆에서 배고픔도 잊고 돌 줍기에 여념이 없다. 아이는 기어이 돌종을 찾아내려는 기세다. 물이 그리 깨끗하게 보이지 않는데 노인은 발을 씻고 또 씻는다. 무슨 말이 하고 싶은 모양이

다. 여진은 아이를 말리지도, 노인에게 캐묻지도 않는
다. 마른 자갈밭이라 노인이 아침 내내 공들여 길어다
부은 물기가 노인이 집으로 들어가기도 전에 버석버석
말라간다.

「초파일이 며칠 남았냐? 끄응」

노인은 밭에서 나가려다가 다시 물조리개를 기울여 마
지막 남은 물의 한 방울까지 떨어내려 한다. 의진의 사
십구재에 참례하지 못한 것이 날로 한이 되는가 보다.
기정은 허공에서, 의진은 불속에서 잃은 여진에게는 세
상에 이보다 더한 불행이 없다. 잠 못 드는 밤 뒤척이다
보면 그날 의진을 잠깐 부러워한 것을 하늘이 시샘해 데
려간 것은 아닌가 무서운 생각이 들기도 한다. 누구한테
도 부러워하는 마음조차 품어서는 안 되는 것인가. 이
세상에 기정의 거처를 마련했듯 의진을 온전한 육신으로
고향 땅에 묻을 수 있었던 것만으로도 하늘에 감사해야
하는가. 여진에게 남은 것은 이제 등 굽은 노인과 철모
르는 아이, 그리고 한없이 가난한 마음뿐이다.

「찾았다!」

아이는 끝내 돌종을 주웠는지 냇가에서 뛰어올라와 뒷
짐 지고 노인을 따르는 여진의 손아귀를 잡아 펴서는 제
주먹만한 돌멩이를 하나 꼬옥 쥐고는 두 발을 깡충거리
며 노인의 뒤를 바싹 쫓는다. 아이가 쥐어준 돌이 살아

숨을 쉬는 듯 따뜻하다. 노인이 집으로 들어갈 때를 알리기라도 하듯 건너편 분황사에서 두웅 하고 종소리가 울린다.

「초파일까지 한 이십여 일 남았나 봐요」

종소리에 정신이 팔려 한 보 두 보 종소리의 간격을 세면서도 여진은 종소리에 가려 미처 노인이 듣지 못할 세라 크게 소리 친다. 종소리는 열 보 정도 사이를 두고 점점 크게 울려퍼진다. 여진은 돌아오는 초파일에는 노인과 함께 분황사에 가려고 마음먹는다. 노인과 아이, 자기 것까지 고운 색의 등을 가질 것이다. 의진의 이름으로 하얀 영가등(靈ᆞ)도 달 것이다. 그리고 의진을 땅에 묻고 돌아서던 그날부터 부적삼아 가슴에 품고 다니는 옛 사람의 노래를 등불 아래서 읊을 것이다. 누이 잃은 오라비의 허망한 마음을 제 것인 양 섧게 토해낼 것이다.

생사의 길은
예 있으매 두려워지고
나는 간다 말도
못다 이르고 갔느냐.
어느 가을 이른 바람에
여기저기 떨어지는 잎처럼
한가지에 나서

가는 곳을 모르는구나
아, 미타찰에서 너를 만나볼 나는
도 닦으며 기다리련다.

월명사, 「제망매가」

《월간 베스트셀러》 1996년 6월호

당신의 물고기

1

　누가 내 통신의 비밀번호를 훔쳐 쓰고 있다. 석 달 하고 열흘이 지난 지금에야 그 사실을 알았다. 희명에게 인터넷 이메일로 편지를 보내려던 참이었다. 삼 년째 북경에 장롱처럼 붙박여 있던 희명은 얼마 전 중고 노트북을 구입한 이후로는 중경으로 상해로 떠돌아다니고 있다. 보내려던 편지는 무려 A4 용지로 8쪽이나 된다. 비밀번호를 오랜만에 사용해서 헷갈렸나 싶어 가장 빈번하게 호출되는 은행 온라인 비밀번호부터 서너 개 차례로 입력해 본다. 마지막 번호까지 다 먹어치우고도 커서만

껌벅거릴 뿐 화면은 열리지 않는다. 칠 년 전 통신을 개설한 이래 도용당하기는 처음이다. 곤히 잠든 사이 누군가에게 몸을 내주는 것처럼 불쾌한 일이다. 지난 영수증을 꼼꼼히 챙겨두는 성격이 아니지만 혹 한두 개 남아 있다면 다른 짐들 틈에 끼여 익스프레스 임시 창고에 부려져 있을 것이다. 온라인 통장을 꺼내 지불 내역을 확인해 본다. 2월부터 기본 이용료에서 조금씩 불어나 지난달엔 사만 원 가까이 지불된 상태다. 모든 공과금을 자동이체시켜 놓았기 때문에, 부과되는 요금에 대해 심각하게 따져볼 겨를 없이 통장에서 빠져나간다. 이사 관계로 부동산 정보를 뒤지느라 기본 이용료를 넘어선 적이 한두 번 있기는 하다. PC통신에 전화를 걸어 내막을 알려면 아침이 밝기를 기다리는 수밖에 없다. 담배를 꺼내 물다가 문득 벽에 붙은 달력을 바라본다. 석 달 하고 열흘. 꼭 백 일째다. 그 동안 난 무엇을 한 것일까.

2

어두운 거실에 도어벨이 울리고 있다. 하얗게 포말을 말아올리며 밀려오는 파도를 바라보다 소파에서 깜빡 잠이 들었던 모양이다. 벽시계는 자정을 지나고 있다. 등대로 이어지는 방파제 돌들 위에 망부석처럼 서 있던 낚시꾼들의 그림자도 보이지 않는다. 부숭부숭한 눈으로 현관 벽에 부착된 인터폰 화면을 들여다본다. 푸르딩딩한 화면 속에 웬 낯선 여자가 머리칼을 풀어헤친 채 발을 구르며 오돌오돌 떨고 있다. 잘못 찾아들었나 보다 무시하려다 다짜고짜 화면 속에 들어와 있는 여자를 유심히 들여다본다. 왼쪽 눈 아래 검은 점. 어딘가에서 본 적이 있는 것도 같다. 해돋이 슈퍼에서 아니면 방파제 같은 데에서. 그러나 확실하지 않다.

「무, 무슨 일이에요?」

내가 화면으로 여자를 보고 있는 것처럼 나를 보지 못하면서도 여자는 내 목소리를 듣자 마치 내 몸뚱이라도 되는 양 와락 안기듯이 화면 속으로 얼굴을 바짝 들이민다. 나는 한 발 뒤로 주춤 물러선다. 얼굴만 덩그러니 들어앉은 화면 속의 여자가 꼭 어둠을 가르고 달겨드는 들고양이 같다.

「들어가도 돼요?」

여자는 날 아는가. 그러지 않고는 저토록 애절하게 달라붙지는 않을 것이다. 그러나 아무리 허물없이 터놓고 지내는 이웃지간이라도 자정이 지난 야심한 시각에 벨을 누르기는 쉽지 않은 일이다. 그런데 막무가내로 들어가도 돼요, 라니?

3

통신을 포기하고 한글 워드를 켠다. 다운받아 저장해
둔 희명의 편지를 불러낸다.

처음으로 인터넷이라는 것으로 편지를 보내. 컴팩에서
나온 중고 노트북인데 손바닥 두 개를 맞댄 크기라 휴대
하고 다니기가 괜찮아. 시멘트 가루 투성이인 기숙사 바
닥을 쓸고 있는데 불현듯 내 나이 서른이라는 생각이 들
었어. 내가 지금 뭐하고 있나, 처음 드는 생각처럼 아찔
했지. 마침 북한통으로 들락거리는 H건설에 다니는 선
배가 서울에 들어가면 노트북을 새로 장만한다기에 내
것도 중고로 하나 부탁했어. 선배는 서른을 어떻게 보냈
어?

페미니즘의 투사연하던 희명답지 않게 웬 여성지 코
너? 들어가기 어렵다는 신문사도 미련 없이 벗어 던지고
어느 날 비행기를 타고 떠나버린 그녀다. 희명에게는 내
일 통신을 되찾아야 메일을 보낼 수 있다. 나는 편지를
써놓고 보내지 않는 버릇이 있다. 기껏 밤을 새워 써놓
고는 다음날 보내는 데에서 날짜를 놓치고 만다. 하루가
가고 이틀이 가고 사흘, 나흘, 일주일 열흘, 한 달 두

달이 지나고 나서 덧붙이는 편지를 또 쓴다. 첫번째 편지입니다. 두번째는 이렇습니다. 이번에 보내는 것이 세번째 것입니다…… 희명에게 보내려던 것도 사실은 첫번째가 아니다. 커서가 뜬 곳은 편지 화면의 8쪽, 1999년 5월 10일, 결구 위이다. 세번째, 그러니까 오늘밤에 완성한 편지이다. 두 통의 편지는 부쳐지지 않은 채 내 수중에서 꼬박 열 달을 묵었다.

물포. 울산에서 31번 국도 동해안선을 타고 삼십 분쯤 자동차로 올라가다 보면 언덕 위에 하얗게 페인트칠된 작은 아파트가 한 채 서 있다. 해돋이 아파트 501호. 내가 묵고 있는 집이다. 지어진 지 겨우 일 년밖에 안 된 새 아파트인데 이름은 이십 년 전에나 붙여질 법하게 참 촌스럽다. 하지만 바다를 향해 탁 트인 전망만은 비할 데 없이 좋다. 해풍에 어슷비슷 어깨를 나눈 소나무 숲과 파도에 씻긴 흰 모래가 발밑에서 바스라지는 아담한 바닷가 마을이다. 해안선이 끝나는 지점에 조선소가 있다. 지난 봄까지 남동생이 다니던 조선소다. 내가 얘기한 적이 거의 없으니까 넌 그앨 잘 모를 거다. 남동생은 인도양을 오가는 무역선의 선원이었다. 이제는 더 이상 이 세상에 없는 존재가 되었지만…… 그애는 배의 모든 것을 만질 수 있는 선박 기술자였다. 이 집은 그애가 오

랜 외유에서 돌아와 조선소에 배를 맡길 때 머무는 숙소
였다.

　열흘 전 그애의 유품을 정리하러 내려오기 전까지 난
이사하려고 무진 애를 썼다. 지난 여름 엄마를 고향에
묻고 와서 곧장 집을 보러 다니기 시작했다. 얼마나 많
은 집을 보았는지, 앞으로 죽을 때까지 본다 해도 이제
까지 본 것만큼은 되지 않을 것이다. 그 많은 집들 중에
들어가 발 뻗고 눕고 싶은 집이 선뜻 나서지 않다니. 들
어갈 집이 마음에 들면 내 집이 빠지지 않아 서너 달, 내
집이 빠질 것 같으면 엄마 탈상이나 치르고……라는 마
음으로 한 발 물러서서 또 서너 달. 누가 집을 사이에
두고 훼방을 놓는 것 같았다. 모두 내 우유부단함에서
비롯되고 있다는 것을 인정하지 않으면서. 그 사이 가
을이 왔고(그 즈음의 나에 대해서는 첫번째 편지를 참조
해라), 겨울이 시작되었는가 했는데(두번째 편지를 참조
해라), 봄이 비죽이 고개를 들고 있더라. 덜 절박해서였
을까. 크기도 크기이고 모양도 모양이지만 사람들 사는
게 거기서 거기라는 생각이 마지막 집을 나서며 싱겁게
들었다. 버리지 못해 껴안고 사는 너절한 세간들만큼이
나 궁색한 지경이었지. 그들도 주말이면 트렁크에 하이
킹 자전거를 싣고 갖가지 맛있는 음식을 바구니에 채우
고 남편 아이 할 것 없이 챙이 넓은 흰 모자를 쓰고 강

으로 호수로 피크닉을 갈까?

　비극도 짝을 이루어 오는 것인가 보다. 엄마의 탈상도 치르지 않은 채 어처구니없게도 남동생을 바다에 묻게 되다니. 그애는 기껏 스물아홉이었다. 자식보다 먼저 떠났으니 엄마에게 다행한 일이라 해야 할까. 세상에 혈육 한 점 남기지 않았으니 그나마 그애에게 잘된 일이라 할까. 그애의 보호자로 여기저기 불려다니다가 집이고 뭐고 만사 포기하고 보름이 넘도록 잠에 빠져들었다. 계절이 바뀌도록 그치지 않던 미열이 몸살을 불러왔고, 조제약에 수면제가 들어 있었는지, 나는 한세월 깨어나지 않을 듯 무섭게 잠속에 갇혀버렸다. 잠의 수렁에서 빠져나왔을 때는 진달래 개나리 지천으로 피고 지고 벚꽃이 바람에 한 점 한 점 흐르고 있었다. 그애가 막 길을 떠난 저승 풍경이 그럴까. 너무나 익숙해서 너무나 낯선 풍경이었지. 처음 지나가면서도 언젠가(꿈속에서인가) 지나간 적이 있는 것처럼 여겨지는 골목길처럼, 아니 처음 겪는 일이면서 언젠가 똑같은 일이 나에게 일어난 적이 있는 것처럼, 나는 넋을 잃고 꽃잎의 느린 유영을 보고 또 보았다. 그 동안 멈추어 있던 시계 바늘이 돌아가듯, 중단됐던 내 삶이 서서히 깨어나는 것을 느끼고 있었지. 얼음 밑을 소리없이 흐르는 봄물처럼 흐름은 어서 따라 흘러가라고 나를 떠밀고 있었지.

벚꽃나무 아래 꽃잎을 밟고 부동산에 가 계약을 했다. 좋은 집이 났다고 해서 득달같이 달려갈 때와 달리 상심해서 돌아오는 날이면 엄마 탈상을 핑계삼곤 했는데, 그 애마저 홀연히 떠나버리자 더 갖다 댈 이유가 없었다. 이러다가는 영영 이 집에 주저앉고 말 거라는 불안감에 신속하게 계약서에 도장을 찍었다. 도장을 찍고 나서야 벽에 걸린 달력을 올려다보며 집을 비워줄 날짜를 확인했다. 앞으로 삼 주. 그 안에 내가 들어갈 집을 구해야 했다.

눈처럼 쌓인 꽃잎을 밟고 집으로 돌아오며 이제는 정말 볼장 다 봤다는 생각이 들었다. 그렇게 생각하니 마음이 평온해졌다. 거세게 치솟는 성욕처럼 누구에게 말을 붙이고 싶었다. 햇빛은 내리쬐는데, 벚꽃은 하얗게 져 내리는데, 사방을 둘러보아도 내가 붙잡고 말붙일 사람은 없었다. 그런데 참 우습지. 삼십 년 동안 서로 잡아먹을 듯이 으르렁거렸을 뿐 단 한번도 화해하지 못했던 엄마의 지긋지긋한 얼굴이 떠오르는 거야. 웃음인지 눈물인지 눈가를 비집고 볼을 타고 흐르더라. 벚꽃 나무 기둥을 주먹으로 쿵쿵 내치며, 우수수 떨어지는 꽃잎을 으깨 밟으며 엄마와 나, 그애가 두 발짝씩 떨어져 걷던 길을 걸어 집으로 들어왔다.

정말 나는 끝에 다다른 것일까. 엄마가 남긴 유일한

재산인 스물여섯 평 아파트도 얼마 후면 남에게 넘어갈 것이다. 그전에 이곳에서 그애의 유품을 정리하는 일이 남아 있다. 올라가는 대로 조건만 맞으면 아무 집에나 들어갈 생각이다. 이렇게까지 나를 몰고 가다니……

나도 모르게 한숨이 휴, 나온다. 처음 부분은 물포로 내려와서 곧바로 펜을 잡아 쓴 것이라 감정이 몹시 가파르다. 커서를 불러내 활자 위를 운전한다. 몇 군데 지우든지 다시 써넣어야 할 것 같다. 독종이기는 하지만 혈혈단신으로 타지에서 부대낌이 많은 희명에게 편치 않은 소식을 주는 것은 좋지 않다. 이러다가 내일도 희명에게 편지를 송신하지 못할지도 모른다. 담배를 집어들고 베란다로 나간다. 편지를 읽는 동안 들리지 않던 파도 소리가 담배 연기 따라 멀어졌다 가까워졌다 한다. 깊은 밤 파도 소리를 듣고 있다 보면 고독이란 실체가 옆에 와 있는 듯하다. 손을 건네면 만져질 것만 같고, 입술을 내밀면 맞부딪칠 것도 같고, 안으면 안아질 것도 같다. 그럴 때 고독은 추상명사가 아니라 고유명사로 전이한다. 그럴 때 비로소 담배의 흡입도, 섹스도 욕망 그 자체로 다가온다. 한 모금 담배를 빨아 물고 늪처럼 입을 쩍 벌리고 있는 검은 물결을 바라본다. 대상 없는 성욕이란 얼마나 공허한 넌센스인가. 넌센스가 아닌 삶이란 허구일지도 모른다. 삶이 아닌 것들, 감각이 없는 것들, 죽은 것들만이 넌센스가 아니다. 그러면 섹스를 욕망하지 않는 나는 살아 있는가. 그러면서도 나는 나를 둘러싼 내 삶을 지독한 넌센스라 지껄이곤 했다. 규에게…… 넌센스, 넌센스, 넌덜머리 나는 nonsense! 규는 통신을 개설하면서 넌센스를 자신의 ID로 삼았다. 농담처럼. 비밀번호는 kyou88. 88은 우리가 대학에 들어간 해이다. 규와 연락이 끊긴 지는 오래되었다. 그것이 여전히 살아 있다면 규의 것으로 희명에게 편지를 보낼 수도 있다. 누군가 내 것을 쓰고 있는 것처럼 그의 것 속으로 잠시 들어가 보는 것이다. 희명에게 도착하는 대로 문서 지움 키를 눌러 그의 것을 거쳐간 흔적을 날려버리면 된다. 단 몇 분이면 된다.

4

CD 함에서 베르디의 「운명의 힘」을 뽑아 플레이어에 걸고 욕실에 들어간다. 여자가 잠든 안방 문이 어젯밤과 마찬가지로 닫혀 있다. CD는 전부 합쳐야 스무 개 정도 되는데, 그중 반이 아바다. 그애가 베르디를 듣는 줄은 몰랐다. 하긴 나는 그애에 대해 아는 것보다 모르는 것이 더 많았다. 고교 때까지 그애의 귀에는 항상 아바가 있었다는 것 이외에 그애에 대한 기억이 별로 없다. 그러고도 난 이십구 년 동안 그애의 누나였다. 난 아바를 좋아하지 않았다. 그렇다고 베르디를 좋아한 것도 아니었다. 규를 알기 전까지 난 좋아하는 게 별로 없었다. 빨리 대학생이 되어 엄마에게서 벗어나고 싶었다. 그러려면 엄마의 반대를 무릅쓰고라도 서울로 대학을 가야 했고, 등록금이 가장 적은 대학을 들어가야 했다.

샤워를 마치고 나오자 「운명의 힘」은 그쳐 있고 여자가 현관께에 서서 머뭇거리고 있다가 기다렸다는 듯이 목례를 한다. 지난밤 여자는 오래전 떠난 집을 찾아든 식구처럼 깔아주는 이불 위에 쓰러져, 어이없게도, 참으로 쉽게 잠이 들었다. 잠든 얼굴을 멍청하게 내려다보다가 해초처럼 볼에 엉겨붙은 젖은 머리카락 줄기를 걷어내 주기 위해 여자에게 다가 앉았을 때 여자의 눈자위에 물기가 어려 있었다.

「잠을 자고 싶었어요」

벽시계는 약속이나 한 듯이 여자가 벨을 눌렀던 지난밤과 같이 시침 분침 모두 열둘에 모아지고 있다. 내가 뭘 물어보기나 했나. 어젯밤도 그랬지만 지금도 여자의 말은 앞뒤가 없다. 기억상실증이거나 몽유병에 시달리고 있거나 모국어를 이제 습득하고 있는 사람처럼 뜬금없다. 여자는 마치 사감 선생 앞의 여학생 같은 몸가짐으로 나에게 잘못을 변명하는 듯하다. 여자의 태도에 따라 나도 도도하게 여자의 위아래를 쓱 훑어보고는 젖은 머리를 수건으로 감아올리며 오디오의 플레이 버튼을 누른다. 「운명의 힘」의 볼륨을 적당히 낮추고 베란다로 나가 창문을 활짝 열어제친다. 날이 흐리다. 해는 언제 떴는지 바다에도 하늘에도 기색조차 없다. 여자에게 지난밤의 불안한 기색은 파도에 씻긴 듯이 보이지 않는다. 단정하게 빗은 머리 때문인지 갸름한 얼굴이 얼핏 청순하게까지 느껴진다.

「잠시 들어와 앉아요」

여자는 몰래 뒤를 잡힌 정부처럼 나를 경계하고 있다. 느닷없이 들이닥쳤지만 그렇다고 여자에 대해 궁금한 것은 아니다. 남자가 폭력을 휘둘렀든, 아니면 비정상적인 관계에서 본처가 들이닥쳐 도피해 왔든, 설사 강도에게 쫓겨왔다 해도, 나와는 상관없는 일이다. 길 잃은 새처럼 잠자리를 구하기 위해 나에게 날아든 여자를 그 자리에서 내쫓을 만큼 몰인정한 것은 아니지만, 그렇다고 이 일로 여자가 내 삶에 개입해 들어오는 것을 원치 않는다.

「커피 할래요?」

나는 태연히, 마치 오래 한 방을 써온 자매처럼 여자와 마실 커피를 위해 가스 레인지의 불을 당긴다.

「아니, 가봐야 해요. 아이들이 기다리고 있을 거예요」
「그러든지요. 그런데 어떻게 나에게……, 아니 됐어
요. 어서 가봐요」
아이들이라고? 모를 일이다. 이 시간까지 아이들을 내
팽개쳐 둘 수 있다니. 문을 열어주자 여자는 조심스레
다시 목례를 하고 계단으로 내려가려 한다. 호리호리한
몸매가 애들을 두셋 난 여자 같지 않다.
「잠깐만」
내 목소리에 여자는 계단에 한 발 내려놓다가 어정쩡
히 뒤돌아선다.
「날 아세요? 아니, 내 동생을 알아요?」

5

「혼자 쓰시나요?」
「무슨 뜻이죠?」
「누구에게 빌려주거나 한 적은 없냐는 말입니다」
「이 년 전에는 가끔 친구가 썼지만 지금까지 아무 일
도 없었어요」
「그랬군요」
「그 친구는 어쩌다 지방 대학에 리포트를 주고받는 데

에만 사용한 걸로 알고 있어요. 게다가 그 친구는 지금 이곳에 없구요」

「그 친구가 여기에 있든 없든, 중요한 건, 분명히 혼자 사용하신 것은 아닌 거죠?」

「그, 렇죠」

「그 친구는 아니라고 해도 그 친구 주변, 그 주변의 주변, 그들 중 누군가가 도용해 쓴 겁니다」

「어떻게 추적이 안 될까요?」

「지금도 사용하고 있네요. 빨리 비밀번호를 바꾸시는 게 좋겠어요」

「지금 쓰고 있다면 그가 누구인지 잡을 수 있지 않습니까?」

「아닙니다. 아이디와 비밀번호를 잘못 간수한 것은 사용자 님이십니다. 개인의 프라이버시 차원이기 때문에 우리가 할 수 있는 일은 여기까지입니다」

「그것은 직무유기 아닙니까? 어떤 경로로 누설이 되었든 사용자가 부당하게 침해를 받고 신고를 하고 있는데 그쪽에서는 아무것도 보호해 줄 장치가 없다면 누가 마음놓고 통신을 이용하겠습니까? 사용자가 어찌됐든 정보료만 챙기겠다는 상술 아닙니까?」

「규정을 다시 한번 읽어보시기 바랍니다. 분명히 아이디나 비밀번호를 공동으로 사용할 때 일어나는 사고에

214

대해서는 책임을 질 수 없다는 문구가 있을 겁니다. 이번 일을 계기로 앞으로 비밀번호를 잘 간수하시기 바랍니다. 그리고 한 가지 더 말씀드리면……」

「알겠습니다. 제 것을 되찾으려면 어떻게 해야 하죠?」

「임시 비밀번호를 드릴 테니까 그것으로 연 다음 비밀번호 변경 절차를 밟으십시오. 참 아까 말씀드리려다 말았는데, 다른 통신 사용자들은 비밀번호를 한 달에 한 번 꼴로 바꾸는 추세입니다. 심지어 일주일에 한 번 꼴로 바꾸는 사람도 있습니다. 도용하겠다고 노리는 사람에게 일 년이고 이 년이고 같은 번호를 유지하는 것은, 내것을 맘대로 가져다 쓰세요, 라고 공공연하게 허용하는거나 마찬가지이죠」

「어떻게 일주일에 한 번 바꿉니까? 비밀번호만 바꾸고 있을 수도 없고, 또 자주 바꾸다가 제대로 찾아들어가기나 하겠어요?」

「예를 들자면 그렇다는 것이지요. 그런 사람이 없는 것도 아니고요」

「내 것을 찾고 나서나 어떻게 해보지요」

「무사를 빕니다」

「?!」

6

바람의 나라. PC통신에서 알려주는 대로 절차를 밟아 비밀번호를 바꾼 후, 삼 개월간의 사용 내역서를 뽑아 보니 익명의 도용자가 가장 많이 들어간 데가 〈바람의 나라〉라는 곳이다. 내역서를 보니 이 개월까지는 쎄시니 하는 십대 일본 유행 통신 등으로 조금씩 조금씩 좀도둑처럼 도용해 쓰다가 이번 달 들어서는 하루 스물네 시간 중 거의 전 시간을 〈바람의 나라〉에 머물고 있다. 열흘 동안의 사용 시간이 무려 이백 시간을 넘고 있다. 도용자는 기록을 세우기라도 하듯이 먹고 배설하는 시간 이외에는 잠도 자지 않고 〈바람의 나라〉에 앉아 있었던 모양이다. 파렴치함과 비굴함을 욕하기 이전에 그의 몰두 하나만은 경이로운 사실로 인정해야 한다. 이백열한 시간, 사용 시간으로 보아서 청구 금액이 삼십만 원은 거뜬히 넘을 것 같다. 한 달 후면 이 집도 비워주어야 한다. 그 동안 내가 들어갈 집도 구해야 한다. 일주일 만에라도 얼마든지 집을 구할 수 있을 것 같았다. 적어도 지난 봄까지는 그랬다. 그런데 집을 계약하고 나니 사정은 완전히 바뀌어 있었다. 내가 잠에 빠져 지내는 열흘 사이 그렇게 된 것이다. 부동산 중개인은 날씨만 이상 기류가 발생하는 게 아니라며 요즘 같아서는 하루가 다르게 집 값이 오르는 판에 전세 매물이 나오기가 무섭게 나가버리는 실정이라고 했다. 그것도 아예 나오는 집이 없다고 했다. 할 수 없이 익스프레스에 짐을 맡기고 기다려보는 수밖에 없었다. 동생의 유품을 정리한다는 핑계로 물포에 내려오긴 했으나 아무 일도 하지 않고 갈 때까지 버텨보겠다고 내가 결심하는 데는 칠 년간의 외국 대사관의 비서 생활을 청산하며 챙겨둔 퇴직금도 한몫을 했다. 그애가 남긴 연금이니 보상금은 내 퇴직금에 비하면 엄청난 거액이지만 내 몫은 한푼도 없다. 설사 그 돈이 순수하게 내가 벌어 모은 돈이라 해도 나도 모르는 사이에 그것도 석 달여 동안 도난당했다는 것은 자존심이 허락치 않는 일이다. 〈바람의 나라〉라고? 기가 찰 노릇이다. 차라리 지하철 계단의 눈먼 장님 손에 쥐어주는 편이 백 번 낫지. 나는 눈을 의심하기라도 하듯 다시 한번 마우스를 눌러 내역서를 아래로 훑어내려간다. 〈바람의 나라〉, 〈바람의 나라〉, 〈바람의 나라〉. 젠장, 가도 가도 〈바람의 나라〉는 끝이 없다. 마우스를 누르다 말고 가슴팍을 쓸어내린다. 그래도 이내 젖가슴 사이로 주르륵 땀이 흐른다. 마우스를 팽개치고 담배를 찾는다. 컴퓨터를 켜기 전에 담배 사오는 것을 깜빡했다. 화풀이라도 하듯 빈 담뱃갑을 우그려 휴지통에 내던진다. 어처구니없는 선을 넘어 치미는 울화를 누를 길이 없다. 허

공에 대고 발길질을 해보았자 초라하고 형편없어지는 것
은 나뿐이다. 그를 잡는다면? 잡는다면? 나는 거실을 빙
빙 돌며 그를 잡는 것을 가정하고 어떻게 하면 화끈하게
혼내줄 수 있을까를 궁리한다. 그를 잡는다면? 그런데
그는 누구인가. 빌어먹을!

ㄱ

비가 내린다. 별처럼 드문드문 박혀 빛을 내던 오징어
배의 집어등도 보이지 않고, 철썩이던 파도 소리도 빗소
리에 잠겨 들리지 않는다. 규의 통신에 들어갔다 나온
이후로 나는 섹스에 집착하고 있다. 빗소리에 내 귀를
사로잡는 것은 우리에 갇힌 들짐승의 거친 숨소리뿐이
다. 규는 어디에 있을까.
한때 그에게 마음을 빼앗겼던 적이 있다. 그가 음대생
이 아니라 공대생이라는 것이 믿어지지 않을 만큼 규는
피아노를 잘 쳤다. 피아노를 치는 그의 손가락을 넋을
잃고 바라보기만 하던 시절이 있다. 그의 긴 손가락, 그
의 긴 팔, 그의 긴 다리, 그의 긴 목. 그의 긴 얼굴, 규
는 코까지도 길다. 그저 긴 것이 아니라 모든 생김생
김, 전체적인 실루엣이 완성되어 있는 듯 수려하다. 그

의 수려함이 날 불안하게, 아니 질리게 했는지도 모른다. 선이 곱고 매끄러운 그가 부담스러워 일찌감치 멀어지려는 나에게 그는 바흐의 「시칠리아노」를 연주해 주었다. 제주도를 비롯 동남아시아 일대에 호텔 체인점을 가지고 있다던 그의 어머니가 여행 겸 지방 순례 중인 일주일 내내, 그는 과와 서클의 친구들을 불러들였고, 그날들 중 어느 하루 나도 그의 고교 과외 동창생인 윤희를 따라 그들 속에 끼여 있었다.

—창문을 닫아야겠어.

규의 집 베란다에는 이름도 모르는 난들이 들어차 만개해 있었다. 한여름 낮의 소나기인가, 베란다 유리창으로 굵은 빗방울이 후두둑 떨어지기 시작했다. 열어놓은 창문 안으로 싸아 하고 한차례 바람이 들어오더니, 기다렸다는 듯이 빗줄기들이 우두두 들이쳤다. 윤희는 냉장고에서 과일을 꺼내다가 내가 일어서자 규를 찾는지 거실을 두리번거렸다. 윤희와는 과는 달라도 같은 인문대에 다녀서 교양 과정 수업을 몇 번 같이 들으면서 서로 얼굴은 알고 지내는 편이었다. 같은 과원이 삼삼오오 짝을 지어 어울리는 데에도 어느 한 군데 끼지 않던 나였다. 그런 내가 윤희와 만나게 된 것은 일학년 이학기 말 각각 대학 학보사와 방송국에 들어가면서 연합 엠티에 가서였다. 윤희와 처음 눈을 맞추고 말을 트던 날 나는 일찌감치 윤희를 나와는 다른 부류로 규정지었다. 〈내 꿈은 현모양처야〉 윤희는 동그란 눈을 반짝이며 아무렇지도 않게 말했다. 그때까지 들어보지 못한 희귀 직업인 양 나는 현모양처라는 말에 눈만 끔벅거릴 뿐 아무 말도 하지 못했다. 〈너는?〉 나에게도 분명한 꿈이 있었다. 그러나 현모양처와는 거리가 멀었다. 윤희의 눈빛이 너무도 순진해 보여 그애 앞에 있는 내가 불순한 여자처럼 느껴졌다. 〈난 남자들과 일을 하고 싶어〉 대충 얼버무리는 내 말에 이번엔 윤희가 눈을 깜박거리고 대꾸를 하지 못했다. 그러다가 곧 반격을 했다. 〈하지만 넌 여대에 들어왔잖니. 그리고 과도 불문과고〉 나는 시인했다. 〈그래. 불문과. 너에게 어울리는데, 응?〉 윤희는 내 말에 가볍게 눈을 흘겼다.

〈여기에 온 건 내 뜻이 아냐. 내 여건에서 타협 가능한 선이 여기로 낙찰이 된 거지〉 윤희는 이해할 수 없다는 표정을 지었다. 〈사실 일 지망이 아니야……〉 나는 알겠다는 듯이 윤희의 입을 막았다. 〈나도 그래〉 내 말에 윤희는 동지를 만난 듯이 반가운 기색이었다. 〈이제 그런 거 말해 뭐하니〉 윤희와는 달리 나는 심드렁하게 내뱉었다. 짜증과 불만으로 더디게 흘러간 지난 일년을 머릿속으로라도 돌이키기가 싫었다.

「새로운 친구 가연을 위하여 한 곡!」

내가 베란다로 걸어가 문을 닫으려는 순간 규가 뮤지컬 배우처럼 이층 계단 참에 서서 아래에 대고 소리쳤다. 규는 언제 바꿔 입었는지 맵시 나는 스탠딩 칼라의 푸른 셔츠를 입고 있었다. 재즈 바를 연상시키는 스탠드 테이블에 주욱 둘러앉아 맥주와 와인을 홀짝이던 친구들이 예정에 없던 규의 깜짝 쇼에 발을 구르며 휘파람을 불었다.

—헤이, 재즈 한판 짚어 봐라. 날씨도 푹푹 찌는데 저번에 했던 「동해안으로」 있지? 그걸로 내달려버려! 가연 씨는 뭐가 좋겠어요?

그들이 뭐라 하는지 내가 알아들을 수 있는 게 하나도 없었다.

—규에게 맡기죠.

나는 그들과 오랜 일원처럼 말하고 베란다 유리문을 닫았다. 규는 의자에 앉았다. 기름기 흐르는 검은 그랜드 피아노 앞에 앉은 규는 진짜 피아니스트 같았다. 익숙하게 오렌지 껍질을 벗기고 있던 윤희가 마치 본분을 잊고 있었다는 듯 소리 없이 그의 옆에 가 비스듬히 섰다. 둘은 샤갈의 연인들처럼 잘 어울렸다. 윤희가 목소리를 가다듬고 청중들을 향해 말했다. 시칠리아노, 바흐! 작아질 듯 커지고, 끊어질 듯 느리게 이어지는 단조음이, 소낙비에 휘둘린 먼지 알갱이들처럼 그들 속에 겉돌던 기분을 차분히 가라앉혀 주었다. 부드러우면서도 절도 있는 규의 손놀림이 고혹적인가 하면 품위가 있었다. 오 분, 아니 십 분쯤 흘렀을까. 그 속에 나의 십년이 응축되어 있는 것 같았다. 그가 마지막 음을 누른 채 여운을 마무리하고 있을 때, 난꽃잎을 때리던 소나기는 멎어 있었다. 아무도 선뜻 먼저 박수를 치지 않고 있다가 누군가의 휘파람에 의해 앞서거니뒤서거니 박수가 터졌다. 뭐야, 처음 듣는 거잖아. 짜식, 되게 분위기 잡네. 가연 씨, 이거 감상 턱 톡톡히 내야겠는걸요? 농담과 익살이 오가는 중에 나는 윤희의 뾰족해진 눈길을 피해 베란다로 나갔다. 비가 그쳤으니 문을 열어야겠어요. 언제 내렸냐는 듯이 하늘은 십 분 전과 다름없이 말짱했고, 정원의 나뭇잎들은 땀을 털어내듯이 후즐후즐 넘실거리고 있었다.

8

통신으로 들어가자마자 뉴스에 클릭한다. 〈바람의 나라〉에 호되게 휘둘린 어제의 일진이 어떤가 보기 위해서다. 그렇게라도 근원을 따지지 않으면 화가 풀리지 않을 것 같다. J일보에 클릭한다. 〈오늘의 운세〉에 클릭한다.

혹 손재수 있으니 조심하라든가, 베풀면 복을 받는다라든가, 뭐 그런 일진이 나오면 응어리가 조금 누그러질지도 모른다. 쥐, 소, 호랑이…… 닭. 마우스를 아래로 신속하게 이동시킨다. 닭. 21년생 문서에 신중을 기하라. 33년생 행운이 따른다. 45년생 자신감을 갖고 일하라. 57년생 일이 잘 안 풀린다. 69년생 마음을 가라앉혀라. 마음을 가라앉혀라? 귀신 같다. 빌어먹을!

9

이곳에서 날 아는 사람은 아무도 없다. 그래도 가끔 전화벨은 울린다.
「안녕하세요. 방우 지물포입니다. 도배하실 거죠?」
「아뇨? 잘못 거셨는데요?」
전화를 끊으려 하자 팔소매를 붙잡듯 송화기 속의 목소리가 재빨리 들러붙는다.
「강 마을 백조 아파트 703호에 사시는 분 아니세요?」
「무슨 일이죠?」
잘못 걸려온 전화는 아니다.
「견적 잘 내드릴게요」
「그런 거 필요없는데요. 근데, 어떻게 여기 전화번호

를 알았죠?」

　나는 신경질적으로 날카롭게 캐묻는다. 바람의 나란지 물의 나란지 나도 모르게 내 프라이버시가 마구 떠돌아다니고 있는 것에 가뜩이나 신경이 예민해져 있던 참인데, 어떻게 된 것인지 따져볼 요량이다.

「저어, 그냥……」

「그냥이라구요? 내 전화번호를 어떻게 알았냐니까요?」

「아휴, 도배하실 거잖아요. 잘해 드릴게요」

　전화기 속의 여자는 말을 돌리며 너스레를 떤다.

「방우 지물포라고 했죠?」

「아 네, 그럼 하실 건가요?」

「내 전화번호를 어떻게 알았는지 대지 않으면 즉각 조처를 취하겠어요」

「아휴, 조처는 무슨 조처요. 이런 전화 처음 받아보셨나 봐?」

　뚝! 전화 속의 여자는 조처라는 말에 픽 웃으며 도리어 어이없다는 듯이 서둘러 전화를 끊는다. 이런 전화? 지금도 어디에서 나에 대한 정보가 흘러다니고 있는지 모른다. 퇴근해 들어오면 자동응답 장치에서 말없이 끊기곤 하던 것들 중의 반은 이런 전화였을지도 모른다. 이러다가 누군가 나라고 행세하고 다니는 일이 벌어지지 않으리란 보장이 없다. 끔찍한 일이다.

10

　여자는 며칠째 눈앞에 나타나지 않고 있다. 여자를 하룻밤 재워주었다고 해서 내가 그 여자를 아는 것은 아니다. 그 여자는 그애와 연결되어 있었던 걸까. 아니면 그 여자도 지물포 여자처럼 나에 대해 알 만큼은 알고 있는 걸까? 여자는 나처럼 혼자 떠돌아다니고 있는 처지인지도 모른다. 해돋이 아파트를 들며 나며, 방파제 둑길을 걸어 등대까지 다녀오다가, 지붕 낮은 마을 집들을 지나다가, 문득 여자를 떠올린다. 인사불성으로 들어설 때와는 달리 현관문을 나설 때의 단정함이 풀리지 않는 의문으로 남아 있다. 바닷가 여자들과는 달리 어딘지 도시적이기까지 하다. 해돋이 슈퍼에서 담배와 시리얼과 요플레 등속을 사가지고 아파트로 들어서다가 습관적으로 우편함에 눈길을 주는데 안에 희끗 무엇이 비쳐진다. 희명이 돈황쯤에서 멋진 엽서라도 보낸 걸까. 편지를 띄운 날이 오 일 전이니 벌써 답신이 도착하지는 않을 텐데, 누굴까. 발신인 자리엔 아무것도 씌어 있지 않다. 수신인 주소에 컴퓨터로 인쇄된 것은 내 이름이 맞다. 누군가의 친필이라면 단박에 그가 누구인지 알 수도 있을 텐데, 누굴까?

웬 편진가 하고 놀라지 마라. 나를 먼저 놀라게 한 것은 너이니까. 내 전자 우편함에 들어온 네 이름의 편지를 발견하고는 반갑기도 하고 난처하기도 했다. 수신인이 내가 아닌 것을 알고 얼마 동안 망설였다. 이유야 어떻든 네 편지를 열어본 것에 대해 사과한다. 그러나 그것은 어쩔 수 없는 일이었다. 우리가 만나지 않은 사 년 동안 네가 어떻게 살았는지, 알 수 있었다. 세 통의 편지가 우리가 알아온 십 년 동안보다도 너에 대해 더 많은 것을 알게 해줬다. 난 포항 근처에 있다. 작년에 귀국하면서 이곳 대학에 자리잡아 내려왔다. 네가 있는 곳과 지척인 셈이지. 우연이라고 하기엔 너무 가깝지…… 삼십 분이면 너에게 닿을 수 있다. 편지를 읽고 당장 너 있는 곳으로 달려갈까 하다가 참았다. 다행히 네 주소가 있어 몇 자 적었다. 예전처럼 일방적으로 너를 강요하는 행동은 하지 않을 것이다. 그간 마음 많이 상했겠구나, 보고 싶다. 규.

11

두번째, 규의 통신으로 들어간다. 그의 편지 보관함을 확인하기 위해서다. 그가 하루중 언제 통신을 사용하는지 모르지만 저녁 일곱시 삼십분쯤이면 안전할 것이다. 그 시간이면 저녁 식사 시간이거나 자동차로 어디론가 (집으로?) 가고 있을지 모른다. 희명에게 메일을 보내고 십오 분쯤 후 〈보낸 편지 보관/취소〉를 열어 편지를 삭제했었다. 그런데 그는 어떻게 내 편지를 열어보았을까. 삭제 y(es)를 누른다는 것이 잘못 n(o)를 건드렸단 말인가? 다행히 그의 통신이 순조롭게 열린다. 편지 보관함에 내 편지는 없다. y를 누른 것은 확실하다. 그러면 언제 어떻게 그의 손으로 들어갔단 말인가. 규의 것에서 나가 내 것으로 들어가 사이버 문단을 빙빙 돌다가 뉴스로 들어간다. J일보. 오늘의 운세. 닭. 69년생. 고집을 꺾어라. 어디에서 착오가 생긴 것일까. 다른 신문을 불러온다. D일보. 오늘의 운세. 닭. 69년생. 주변 일에 현혹되지 마라. 모를 일이다. 어떤 것을 믿으란 말인가. 두 신문사에 위촉된 역술인 중 하나는 잘못 해석하고 있다. 한쪽이 기대 이상으로 죽을 쑤는 해석이면 얼른 다른 쪽을 들춰보게 된다. 판이하게 다른 해석을 확인하면서 신문사가 노리는 것은 따로 있다는 것을 깨닫곤 하면서도 속는 셈치고 이쪽저쪽을 오간다. 하긴 어느 쪽이 옳고 어느 쪽이 틀렸든 그것은 그리 중요한 사항이 아니다. 아무도 오늘의 운세를 보며 짜릿한 행복을 느끼거나 밧줄에 목을 매지는 않을 테니까. 고집을 꺾어라. 주변

일에 현혹되지 말라. 어쨌든 오늘은 둘 다 좋지 않은 일 진을 보여주고 있다. 통신을 끄고 가스 레인지에 물을 올린다. 인스턴트 커피와 프림, 설탕을 각각 세 스푼씩 컵에 담는다. 냉동실에서 플라스틱 얼음판을 꺼내고, 물이 끓기를 기다린다. 정전기처럼 손바닥에 쩍쩍 달라붙는 얼음을 플라스틱 판에서 조각조각 떼어내다가 불현듯한 가지 잊었던 사실이 솟는다. 그날, 규의 통신을 이용해 희명에게 편지를 보내놓고, 냉커피를 만들면서 몇 초, 몇 분 만에 수신자에게 전달될까 생각하고 있었던 것을. 내가 냉커피를 만드는 사이 규가 들어갔다가 내 편지를 발견하고 꺼내갔을 수도 있다. 규가 PC로 다운 받아 열어보는 사이 내가 두번째로 규의 통신으로 들어 가 보관함에서 편지를 지운다. 감쪽같을 거라고 자신하면서.

12

통신에 들어가 있는 중에 전화가 걸려온다. 언뜻 규일지도 모른다는 생각을 한다. 통신을 중단하고 조심스레 전화를 받으면서 대답을 미룬 채 저쪽의 음성을 기다린다.

「여보세요?」

남자 목소리다. 저쪽 역시 조심스럽다. 규는 아니다. 아니 규일지도 모른다. 목소리, 아니 느낌이 변했을 수도 있다.

「네? 말씀하세요」

나는 뒤에 섰다가 호명에 따라 앞으로 나서듯 정중하게 대답한다.

「전화를 받으시는군요. 백조 아파트 703호 문가연 사모님이신가요?」

사모님? 오늘도 내 전화는 아닌 모양이다.

「누구세요?」

나는 선병질적으로 쏘아붙인다.

「네에. 여기는 행운 익스프레스라고 합니다」

남자는 내 반응 따윈 아랑곳없다는 듯이 나긋나긋하게 말한다.

「그런데요?」

나는 폭발할 것 같은 화를 자제하느라 이를 악문다.

「사모님. 이사하실 거지요? 아직 계약하지 않은 걸로 알고 있습니다」

알고 있습니다? 남자는 나긋하다 못해 여유를 부린다.

「그래요. 맞아요. 그런데 한 가지 물읍시다. 어떻게 내 전화번호를 알았죠?」

「에이, 사모님도. 그걸 물으면 어떡해요? 전화번호쯤 가지고서언! 잘 아시면서」
남자는 코맹맹이 소리로 느끼하게 농담까지 한다. 기가 막힐 노릇이다.
「견적 봐드릴게요, 사모님. 결정은 그후에 하셔도 되구요, 사모님」
전화기를 조용히 내려놓는다. 사모님, 사모님! 남자는 끝까지 매달린다. 나도 모르는 내가 걸어다니고 있다.

13

백조 아파트 703호. 다시는 돌아가지 못할 집. 엄마는 그 집을 마련하는 데 평생을 바쳤다. 죽어서도 돌아오지 못할 집을 위해.

14

해질녘이면 산책삼아 등대에 간다. 해수욕 철이 아니어서 해돋이 마을은 주말에 잠깐 활기를 띨 뿐 한가롭기 그지없다. 아파트에서 길을 건너 마을 어귀로 내려가다

보면 길 중간쯤에 해돋이 유치원이 있다. 등대로 갈 때마다 나는 해풍에 바랜 듯한 유치원의 빨간 기와 지붕과 눈부시게 하얀 회벽을 바라보기 위해 발걸음을 늦춘다. 흐린 날은 흐린 대로, 햇빛 내리쬐는 투명한 날엔 그런 대로 해돋이 유치원의 지붕과 벽은 옹기종기 모여앉은 마을 집들에서 단연 빛을 낸다. 특히 마을 길로 접어들며 바라보이는 네 개의 창문은 딱히 뭐라 할 수는 없어도 내 마음을 끈다. 등대로 가지 않을 때는 베란다에서 해돋이 유치원을 내려다보며 생각에 잠기곤 한다. 안정된 가정에서 자란 사람의 유년 기억이란 어쩌면 저런 것일지도 모른다. 오래된, 그러나 빛을 내는 지붕과 벽, 그리고 창문. 역시 바래고 비뚜름하게 씌어진 〈할메 민박〉이라는 글자나 〈희망 이발소〉 같은 것들도 눈길을 끄는 것은 마찬가지이다.

　등대를 향해 마을 어귀로 들어서던 참이다. 해돋이 유치원 문이 열리더니 한 여자가 안에 대고 환히 웃으며 쓰윽 나온다. 활짝 핀 라일락같이 향기롭고 싱그러운 미소다. 얼굴을 완전히 본 것은 아닌데 왠지 낯설지 않은 느낌이다. 여자는 걸어나오는 길로 나와 마주치자 움찔 웃음을 멈춘다.
　「여기에서 일해요?」
　「네. 그날은 참⋯⋯」

여자는 고개를 끄덕 숙이고는 유치원 동료인지 뒤따라
나오는 여자에게 먼저 가라는 듯 눈짓을 한다.
「선, 묘, 라고 해요」
등대 쪽으로 가던 길로 여자와 나란히 걷는다.
「선묘? 이름이 참 특이하네요. 지금까지 많은 여자 이
름을 들어봤는데 선묘는 처음이에요. 옛스러운 것 같기
도 하고, 아닌 것도 같고」
「좀 그렇죠? 제 아버지가 지어주셨다는데 아무도 한번
에 척 알아듣지 못해요. 선 뭐라고요? 다시 묻죠. 해서
누가 이름을 물어올 때면 지 자, 선 자, 묘 자입니다, 라
고 또박또박 말해 주는 버릇이 생겼어요. 풋」
소녀처럼 입을 가리고 웃는 선묘를 힐끗 돌아다본다.
방파제로 이어지는 길 끝과 등대, 지평선까지 가능한 한
멀리 바라보며 걷는 나와는 달리, 선묘는 전진하는 자신
의 발끝만을 보고 느렁느렁 걷는다.
「이름 때문에 우스운 일들이 많이 생겨요. 원아 중에
아버지나 엄마가 없는 아이들이 몇 있어요. 어부인 아버
지는 배를 타다가, 해녀인 어머니는 가출을 해서. 그애
들은 대부분 하루 종일 그물을 손질하는 할아버지나 횟
집에 품팔러 다니는 할머니 손에 자라고 있죠. 한 할아
버지가 저에게, 〈색시, 색시〉 그러니까 아이가 할아버지
한테 〈선생님이라고 불러예, 이름이 선생님이라예〉 하는

거예요. 그래서 제가 〈제 이름은 선생님이 아니라 지자, 선 자, 묘 자입니다. 그냥 할아버님 편하신 대로 부르셔요〉 했죠. 그랬더니 할아버지가 내 팔을 은근히 구석으로 잡아 끌더니, 〈색시 그런데 자기 이름을 말할 때는 자 자는 붙이지 않는 벱이요〉 하겠죠?」

생각할수록 재밌다는 듯이 선묘는 말꼬리에 웃음을 터트린다. 나도 따라 웃는다.

「그 할아버지는 비록 하루 종일 그물을 꿰매고 있기는 하지만 예의를 아는 분이었죠. 할애비보다 선생을 높이 여기는 손주 녀석에게 실망을 주어서는 안 된다는」

어느덧 방파제로 접어든다. 겉으로 봐서 선묘는 도저히 한밤중에 미친 듯이 남의 집으로 뛰쳐들어올 여자 같지 않다. 하긴 양면성 없는 인간이 어디 있을까. 그 할아버지는 색시, 색시 하면서도 선묘를 볼 때마다 오래전에 사그라진 음탐을 품었을지도 모른다. 내가 규에게서 벗어나려고 하면서도 윤희를 젖히고 가장 열렬히 사로잡히고 싶어했던 것처럼.

「가연이에요. 문가연. 나도 어렸을 때는 이름 때문에 고생 많았어요. 가오리, 문어, 온갖 생선이 별명으로 붙었었죠」

「그때는 뭐든 놀리고 싶어서 안달인 시기잖아요. 열 살, 스무 살이 언제 되나, 아무리 기다려도 지루하게 멀기만 하고」

　등대 문은 언제나 닫혀 있다. 누런 철자물통은 몇 년 동안 한번도 열린 적이 없는 것처럼 녹슬어 있다. 자물통을 볼 때마다 건드려보고 싶은 충동이 솟구쳤지만 한번도 그렇게 해본 적은 없다.

　「그래요. 그랬죠……」

　선묘를 의식하고 자물통을 툭 쳐본다.

　「저녁이면 등대로 가시는 것을 몇 번 봤어요. 당직하느라 늦게까지 유치원에 남아 있을 때. 그리고…… 비오는 날에도……」

　말끝을 흐리며 선묘는 등대에 등을 기대고 돌아선다. 눈밑 점이 제법 돌올하다. 바닷바람에 머릿결이 쓸리면서 오른쪽 귀뒤에 촛농처럼 돌올하게 일그러진 흉터가 드러난다. 그것이 눈에 들어오자 번쩍하고 비오는 날 등대에서 마주쳤던 여자가 떠오른다. 몰아치는 비바람을 막느라 우산으로 가려 선명하지 않았는데, 얼핏 젖은 머리칼 사이로 귀밑 흉터를 보았었다. 그 여자는 선묘가 분명하다.

　「비오는 날에도?」

　나는 선묘가 말하기 전에는 아무것도 묻지 않을 것이다. 할아버지가 선묘에게 보여준 예의를 흉내내려는 것은 아니다. 나는 궁금함보다는 어색함을 참지 못한다.

어색함을 피하기 위한 비법은 무심해지는 데에 있다. 하긴 너무 무심하다가 나는 여기까지 흘러왔는지도 모른다.

「언제 본 것 같아요. 근데 생각해 보니 확실하지 않네요」

내가 그날의 스침을 전혀 내색하지 않고 선묘의 눈을 쳐다보자 선묘는 내 눈을 피해 발끝을 툭툭 치며 바닥만 바라본다.

「오늘은 하루 종일 해가 없어서 시간대를 모르겠어요」

하늘과 수평선의 경계가 허물어져 어디부터가 하늘이고 바다인지 금방 알 수 없다.

「나이 물어도 돼요?」

나이를 묻다니. 이건 반칙이다. 괜한 것을 물었다, 후회한다. 그러나 이미 엎질러진 물이다. 잔뜩 무심하다가 나도 모르게 가끔 반칙을 범하는 때도 있다.

「72년생이에요. 언니라고 불러도 돼요?」

언니라. 나는 언니라는 호칭에 무슨 뱀 껍질이라도 달라붙듯이 섬뜩해진다.

「언니 말고, 다른 것 없을까요?」

「왜요? 제가 부담스러우세요?」

「아니, 그렇다기보다 언니라는 말에 익숙지가 않아요」

「그럼 뭐라 부르죠?」

「그냥 가연 씨라고 불러요. 얼마 전까지 다니던 회사

에서는 까마득한 후배들까지도 서로 이름을 불렀거든요」
「그래도 될까요? 예의가 아니잖아요. 언닌데……」
「상관없어요. 나도 선묘 씨라 부를게요. 그게 공평할지도 몰라요」
「그럴까요? 그런데 공평하다면……?」
「각자 마음에 빚을 남기지 않는 거죠」
내 말이 이해되지 않는 듯 선묘는 고개를 갸우뚱한다. 선묘의 가방 속에서 핸드폰이 울린다. 마치 땅 속에서 울려오는 소리 같다. 나는 핸드폰 소리를 아주 싫어한다. 대사관의 마지막 직속 상관이었던 피에르가 본국으로 떠나며 중소 도자기 회사를 소개해 줘 회장 비서로 육 개월여 다닌 적이 있다. 회사에서 기껏 제공해 준 핸드폰을 퇴근하면서 휴대하지 않아 다음날 회장실로 불려가곤 했다. 〈비서잖소〉 칠십 고령의 회장은 말을 아끼는 사람이었다. 〈주의하겠습니다〉 비서는 회장을 닮게 마련이다. 자진 사퇴 형식이기는 했지만 회사에서도 나에게 미련을 보이지 않은 것은 나의 핸드폰 휴대 거부 이유가 클 것이다. 내가 핸드폰 소리에 질색하고 놀래는 것만큼 선묘도 허둥대고 있다. 선묘가 지퍼를 열자 핸드폰은 성이 날 대로 나 폭발하듯 갑자기 소리가 커지며 찌르르, 찌르르 귀를 찌른다.
「네에, 아부지. 알겠어요」

핸드폰을 귀에 대고 있는 선묘를 등대에 두고 주위를 한 바퀴 빙 돈다. 한번 더 녹슨 자물통을 건드려본다.

「곧 갈게요」

방파제로 들어서서 선묘를 기다린다. 핸드폰을 가방에 넣고 뒤따라오는 선묘는 납처럼 굳은 얼굴로 별 말이 없다. 방파제를 내려와 해돋이 유치원을 지날 때까지 선묘도 나도 약속이라도 한 듯 입을 열지 않는다. 선묘가 운을 떼지 않는 한 나는 끝까지 그날 밤 일을 꺼내지 않을 것이다.

「토요일엔 유치원 열지 않아요」

마을 길을 올라와 아파트로 길을 건너기 전에 선묘가 예의 뜬금없는 말투로 입을 뗀다. 내가 고개를 끄덕이며 뭐라 하려고 하자 선묘가 선뜻 말을 막는다.

「저랑 어디 안 가실래요?」

그러고 보니 물포에 내려온 이후 달포 동안 해돋이 아파트를 떠나본 적이 없다. 토요일이라면 이틀 후다.

「좋은 데라도 숨겨놨어요?」

「가시는 거죠? 운전하시는 거 봤는데……」

「먼가 보죠? 차를 가지고 가야 할 만큼」

「그리 먼 것은 아닌데, 차 없이는 고생해요」

「어딘지는 몰라도, 가도록 해요」

해돋이 아파트에 다다라 차가 오지 않는 것을 확인하

며 길을 건너자 옆에 선묘가 없다.

「그럼, 토요일 아침 아홉시까지 아파트 주차장으로 갈
게요!」

내가 돌아보기가 무섭게 선묘는 나를 바라보며 뒷걸음
질로 마을 길을 내려간다.

15

순리에 따르라. 아침이 되자마자 D일보부터 열어본
다. J일보로 넘어간다. 일을 뒤로 미뤄라. 도대체 어느
장단에 기분을 맞추나! K신문까지 보는 일은 드물지만
내친 김에 들어가 본다. 마음을 상대에게 보여주어라.
평균적으로 셋 중의 둘은 거의 같은 색을 보인다. J와
K, 혹은 D와 K. 그러나 J와 D는 적대적일 뿐 어울리는
법이 없다. 세 신문의 오늘의 운세 결과는 선묘와 함께
하는 것이다. 통신을 끄고 베란다에 나와 조선소를 건너
다본다. 조선소 쪽으로 갈수록 해무가 짙게 끼어 있다.
담배를 가지러 거실로 들어갔다가 CD 플레이어에 베르
디의 「운명의 힘」을 걸고, 커피 물을 가스 레인지에 올
리러 부엌에 갔다가 얼음을 꺼내놓고, 물이 끓기를 기다
린다. 담배는 잊어버린 채. 십 분 후면 선묘가 올 것이

다. 물이 끓으려고 하는데 가스 레인지 불을 끄고, 얼음을 도로 냉동실에 넣고, 담배를 가지고 베란다로 나간다. 조선소 굴뚝에서 연기가 피어오른다. 라이터를 가지러 거실로 들어왔다가 「운명의 힘」을 꺼내고, 아바를 건다. 치키치타 무엇이 잘못되었는지 내게 말해 줘요. 라이터를 가지고 베란다로 나온다. 언제 나타났는지 선묘가 길을 건너려고 하고 있다.

　—아바 좀 그만 꺼라. 벌써 그 노래가 몇 번째니? 치키치타, 치키치타. 좋아하는 노래도 두 번 이상은 소음이야. 게다가 난 아바가 싫다고 했잖니. 네 나이에 아바가 뭐니? 애늙은이같이. 네 친구들 누가 아바를 듣디?

　—왜에, 석진이 형이 제일 좋아하던 게 아반데. 우리 초등학교 방학 때, 석진이 형네 가면 형이 밤낮없이 귀에 꽂고 듣던 거. 우리가 서로 빼앗아 듣다가 싸우고 그랬잖아. 누난 딥 퍼플의 「에이프릴」 듣는다고 하고 난 「치키치타」만 듣는다고 하고. 기억 안 나?

　—안 나.

　—석진이 형은 「아이 해브 어 드림」, 특히 「페르난도」를 좋아했지…… 나도 석진이 형처럼 해군 사관학교에 갈 거야. 캡틴이 될 거라구.

　—아바나 끼고 돌면서 무슨 수로 사관학교에 가고, 캡틴이 되냐? 너 하는 꼴을 보면 선박 수리공이나 되면 자

알 되겠다.

—애개, 수리공이 뭐야. 세계적인 선박 제조 기술자면 또 몰라도.

—그거라도.

—두고봐, 누나. 나도 마음먹으면 누나 못지않다고. 내가 사관학교 가겠다고 하면 엄마도 누나 서울로 대학 보내줄걸?

—쥐가 고양이 생각하냐? 아바든 저바든 이제 그만 좀 꺼라, 응?

—치키치타 한 번만 더 듣고……

—치키치타, 말해 줘요. 무엇이 잘못되었는지를…… 나야말로 선묘를 경계할 필요는 없다.

16

「계속 가나요?」

우회하면 포항-오천, 직진하면 경주다. 삼백 미터쯤 도로 표지판을 전방에 두고 선묘에게 묻는다. 포항에 가려면 지금껏 달려왔던 31번 동해안선을 내처 직진하면 된다. 난 포항 근처에 있어. 팻말에 포항이 나타나면서 죽 규의 편지 문구를 생각하고 있었다. 감포에서 좌회전

해서 내지로 들어온 것으로 보아 포항 쪽은 아니고, 경주 어디인가 보다. 선묘와 타고 가는 차는 남동생의 감색 세피아 승용차다.

「우회전하세요」

내 추측과는 달리 선묘는 포항 어딘가에 가려나 보다.

「평소에도 잘 안 물으세요?」

「성격도 성격이지만 직업병이에요」

「무슨 직업인데요?」

「이젠 상관없어요. 아무것도 아니니까요」

내 추측과는 달리 선묘는 나에 대해 아는 것이 없나 보다. 동생과도 아무 관련이 없는 것을 내가 괜한 오해를 품은지도.

「직업은 없이 병만 남았어요. 아니, 농담이에요」

「농담도 하시고요」

「어렸을 때부터 누가 내게 물어오는 것이 부담스러웠어요. 묻는다는 것은 거꾸로 나도 그만큼 대답해야 하니까요. 차라리 안 묻고 안 알고 말아요. 저기예요? 가려는 데가?」

달리다 보니 백 미터쯤 전방 도로 표지판에 〈기림사〉라고 씌어 있다.

「아뇨. 기림사 입구에서 또 우회전하세요」

기림사 밑에 오천이라 씌어 있다.

「제법 가파르네요. 햇빛이 너무 강렬하기도 하고. 선글라스 가져오는 걸 깜박했어요」

90도 우회전이 아니라 45도 정도밖에 안 되는 회전이라 자동차가 한쪽으로 급격히 쏠린다. 그리고 곧 급경사 고갯길이다. 차가 기울어지는 대로 내 쪽으로 쏠리던 선묘가 마치 차 주인이라도 되는 듯이 조수석 앞 서랍을 연다.

「여기 어디 선글라스가 있을 텐데…… 아, 여기 있어요」

선묘가 건네는 남동생의 선글라스를 받아 쓰며 나는 곁눈질로 그녀를 의아하게 바라본다. 코발트 블루 선글라스. 그것은 도자기 회사 회장이 파리로 출장가는 길에 수행차 다녀오면서 사온 것이었는데, 남동생이 탐내서 쓰던 것을 선물한 것이다. 선묘도 내 시선을 의식했는지 자신의 오버 액션을 후회하고 있는 눈치다. 나는 어색하지 않도록 잠자코 운전을 하다가 슬쩍 한마디 건네본다.

「이 차 타봤어요?」

「아—뇨. 어떻게요, 제가」

선묘는 눈을 휘둥그레하게 뜨면서 강하게 부인한다. 그 모습에서 그날 밤의 초조와 불안을 언뜻 읽는다. 아파트 주차장으로 내려갔을 때 남동생 차 옆에 서서 상념에 잠겨 있던 것도 새삼 떠오른다.

「아님, 됐구요. 혹 내 남동생에 대해 알고 있지나 않나 해서요」

선묘는 한동안 입을 꾹 다물고 있다가 어색함을 털어버리려는 듯 화제를 딴 데로 돌린다.

「아버지는 칠장이였어요. 주로 절 보수칠을 많이 했죠. 그래서 어렸을 때부터 아버지 따라 산지사방 안 다닌 절이 없어요」

「탱화를 그리셨군요」

선묘가 말을 하고 싶지 않은 부분을 굳이 건드릴 필요는 없다. 선묘의 말을 따라가 본다.

「탱화는요? 칠장이라고 아무나 하나요. 가끔 버려진 절간 같은 덴 손을 대기도 했죠. 한 군데 오붓이 눌러 살기 시작한 게 고등학교 때부터예요」

「어머니가 고생 많았겠어요」

「없었는걸요. 그래서 어린 계집애가 아버지 일터까지 따라다녔던 거죠」

「미안해요. 이래서 내가……」

「뭘요. 전 아무렇지도 않아요. 아버지는 엄마를 절간에서 만나 절간에 뺏겼지요」

「그러고 보니 선묘란 이름에서 절 냄새가 나는 것 같아요」

「옛날에 아버지가 낙산사라나 부석사라나 거길 갔었나
봐요」
「낙산사와 부석사는 꽤 떨어진 곳인데」
「안 가는 데 있었겠어요? 부르면 가야죠. 부석사의 말
사에서 어머니를 만나 낙산사에서 절 낳았는데, 거기서
전해내려 오는 얘기를 듣고는 이름을 선묘라고 지었다는
거예요」
「재밌군요」
「선묘는 당나라에서 유학을 마치고 불법을 전하러 신
라로 돌아오던 의상대사를 사모하던 여인인데, 선녀의
신분이라 연을 맺지 못하고 의상이 가는 데마다 따라다
니며 지켜주었더랍니다」
「아버님이 선묘 씨한테 바라는 마음이겠군요」
「결국 그렇게 된 셈이죠. 아버지 때문에 여길 못 떠나
고 있으니……」
선묘는 말을 맺지 않고 한동안 창 밖만 바라보고 있
다. 포장된 지 얼마 안 된 새 도로인데 산속을 달리는
이십여 분 동안 오고가는 차 한 대 없다. 호수인지 저수
지인지 깊은 산 골골마다 물이 들어차 있다. 굽이굽이
물길을 지나자 길 양편으로 보이는 데라고는 모두 사과
밭이고 배밭이다.
「저기 삼거리에서 왼쪽 길로 죽 들어가세요」

나는 고개를 길죽이 빼고 삼거리께를 두리번거린다.
항사리. 오어사.

17

(혜공은) 만년에는 항사사(恒沙寺)에 가서 있었다. 이
때 원효는 여러 불경의 주소(注疏)를 찬술하고 있었는
데, 언제나 혜공에게 가서 질의하거나 서로 말장난을 하
기도 했다. 어느 날 혜공과 원효가 시내를 따라가며 물
고기와 새우를 잡아먹고 돌 위에 똥을 누고 있는데 혜
공이 그것을 가리키며 장난을 쳤다. 「당신이 눈 똥은
내가 잡은 물고기일 거요」 그로 인하여 오어사(吾魚寺)
라 했다.

『삼국유사』, 제4권 제5 의해 편, 이혜동진 조

18

「누구 물고기일 거 같아요?」
게시판에 씌어진 글을 읽고 있는데 선묘가 자동판매기
에서 빼온 커피를 건네주며 아는 체를 한다. 유리로 덧

씌워진 게시판은 신문 기사며, 인터넷에 띄워올린 소개 글까지 제법 빼곡하다.

「음, 물고기 마음이겠지?」

나도 생각하지 못했던 말이 내 입에서 튀어나온다. 요란하게 용이 그려져 있는 법고(法鼓)를 지나 대웅전을 등지고 서서 절을 에돌아 흐르는 검도록 짙푸른 물길을 바라보며 커피를 한 모금 마신다.

「물고기 마음이라고요? 듣고 보니 그럴듯하네요」

두 손으로 종이컵을 감싸쥐고 두어 모금 홀짝이던 선묘가 기발하다는 듯이 고개를 끄덕이며 종이컵을 든 손을 서로 마주친다.

「선묘 씨는 어떻게 생각하는데?」

나는 어느새 반말을 하고 있다. 그애와 필시 연결되었을 거라는 확신이 어투마저 변화시키고 있는 것이다.

「이런 비슷한 얘기도 들었어요. 원효와 혜공이 오랜 수행 생활 중에 이 절에 닿았는데 시절이 좋아서 사방에 꽃이며 과일이 그득하고 물은 실하게 흘렀다지요. 물에서 새우며 고기를 잡아 먹기도 하고 고단한 다리를 쉬기도 하는데 가만히 물속을 내려다보니 두 마리의 고기가 죽어 있는 거예요. 그래 혜공이 그랬답니다. 우리 배도 부르고 하니 재미삼아 내기를 해서 저 고기들을 살려보자고요. 원효도 장난에는 뒤지지 않는 인물인지라 그 자

리에서 좋다고 하고 내기를 했는데 두 마리 중 한 마리
만 살아 물속을 꿈틀거리며 가더랍니다. 서로 내 물고기
라 우겼다는데, 사람들은 혜공에게 손을 들어주었나 봅
니다」

　선묘를 따라 원효암으로 이르는 철다리 위에서 물속을
들여다본다. 혜공의 물고기들이 먹을 것이라도 얻을까
냄새를 맡고 발 아래로 모여든다. 그래도 줄 것은 아무
것도 없다. 다리는 한 사람이 겨우 지나갈 정도로 좁고
앙상하다. 원효암이라 표시된 화살표 안쪽은 끝없이 우
거진 나무들로 동굴처럼 어둡다.

　「물고기 마음? 왜 그 생각을 못했을까요」

　큰 것 작은 것 할 것 없이 모여들었던 물고기들이 기
다려도 아무 기미가 없자 물속으로 꼬리를 감춘다. 옆에
서 그러거나 말거나 어른거리는 물살에 꿈쩍도 않고 제
자리를 지키고 있는 것들은 남생이들이다. 선묘는 어린
애처럼 깡총거리며 다리를 건너간다. 저런 천진함은 어
디서 나오는 것일까. 선묘를 멍하니 바라보고 서 있다가
발짝을 뗀다.

　「선묘 씨도 차암. 생각 없이 그냥 한 말을 가지
고……」

　다리 끝에서 원효암으로 접어들면서 길은 온통 날카로
운 돌투성이로 바뀐다.

「이제부터 혜공이 한수 위냐, 원효가 한수 위냐, 그런 거 따질 게 없네요. 물고기 마음에 달렸으까요」

선묘는 어느새 바위에 올라서서 천천히 다리를 건너고 있는 나를 내려다보고 있다. 선묘의 눈에는 혹 나도 한 마리의 물고기로 보일지도 모른다. 그예 선묘는 원효암까지 가려나 보다. 생기 넘치는 눈으로 바위 위에 서 있는 선묘는 혜공이 따로 없다. 똥을 두고 물고기라 한 것이나, 죽어 있는 물고기를 살아 꿈틀거리게 한 것이나, 과연 누구 말이 맞는지는 몰라도, 중 둘이 변신술 내기를 한 건 지루함을 달래기 위해서였는지도 모른다. 물고기 마음? 그것도 넌센스다.

19

세 손가락을 모아 담뱃가루 같은 포숑제 사과향 티가루를 두어 번 집어 잔에 넣고 물이 끓기를 기다린다. CD 플레이어에서는 아바가 나오고 있다. 「워털루」가 끝나가고 있다. 나는 여전히 아바를 좋아하지 않는다. 그런데, 아바를 듣고 있다. 내 손으로 아바를 튼 것은 처음이다. 곧 「아이 해브 어 드림」이 나올 거다. 십 년도 더 전의 일이지만 나는 그애 귀에서 흘러나오던 아바의

타이틀 순서를 알고 있다. 내일은 바람도 쐴 겸 경주 박
물관에 가볼 참이다. 피에르는 학자급 인사가 세미나차
서울에 오면 국내 투어에서 경주를 빼놓지 않았다. 경
주, 특히 월성 손씨 집성촌이며 대대로 내려오는 양반
가옥들이 잘 보존되어 있는 양동 마을을 직접 수행해 내
려가곤 했다. 피에르가 던져준 팸플릿이 아니었으면 나
는 박물관 대학에 대해, 아니 경주에 대해 무지한 채로
관심조차 갖지 않았을 것이다. 물포에서 경주는 한 시간
거리다. 선묘와 함께 가자고 해볼까? 아니다. 너무 가까
워지면 나중에 곤란해질지도 모른다. 물고기에 대해 생
기롭게 눈빛을 반짝이던 선묘가 떠오른다. 선묘의 얼굴
은 동양적인 미인 축에 든다. 눈망울이 오디처럼 검고
콧날이 오똑하고 얼굴 선이 갸름한 게 생머리가 잘 어울
리는 미인이다. 첫눈에 미인이라는 느낌을 주는 것은 아
니지만 어디 한 군데 모자라거나 넘치는 데가 없이 볼수
록 마음에 새겨지는 형이다. 그런데 가끔 마치 정물화 속
의 완성된 인물이 누군가의 붓에 해꼬지당한 것처럼, 단
아한 실루엣이 이지러질 때가 있다. 선묘의 반짝이는 눈
동자와 마주칠 때는 아, 하고 탄성이 나오지만, 서둘러
화제를 돌릴 때의 불안정한 표정이나 어색함 속에 입을
다물고 있을 때는, 무엇인가가 그녀의 마음을, 그녀의
얼굴을 헤집고 지나간 것을 감지할 수 있다. 그것이 무

엇인지 모르지만 폭력적인 것일 거라는 느낌이 든다. 그래서 나는 어느 날 밤 문득 내 앞에 나타나서는 사라지고, 또 산속 깊은 절까지 이끄는 데에도 따라갈 수밖에 없는 것인지도 모른다.

아이 해브 어 드림. 음음—. 아이 빌리—브 인 에인절. 아바를 따라 중얼거린다. 작은 쇠주전자가 드글드글 끓고 있다. 손잡이를 잡으려다 놓고 만다. 뜨겁게 달아오른 손잡이가 사나운 짐승의 이빨처럼 상처를 낼 것 같다. 그새 물이 닳아버렸는지 너무 작게 부었는지 컵에 따라지는 것은 없다. 몸이 식기를 기다려 뚜껑을 열고 물을 다시 붓는다. 가스 레인지의 불을 댕기고 파랗게 번지는 불꽃을 바라보며 다시 물이 끓기를 기다린다.

규의 편지를 받은 날로부터 일주일이 되어간다. 전화벨이 울릴 때마다 가슴이 흔들리고, 아파트를 들고 날때면 주위를 두리번거린다. 꼭 규가 숨어서 지켜보고 있는 것 같다. 그러다가 어둠을 물고 숨을 쉬고 있는 산짐승처럼 나를 덮칠지도 모른다. 모른다. 그러니 그것은 상상일 뿐이다. 그는 끝내 나타나지 않을지도 모른다. 아니 확실히 그렇다. 만약 규가 나타난다면 어떻게 할 것인가. 그렇다고 해도 달라질 것은 아무것도 없을 것이다. 몇 번쯤 바닷가를 거닐 것이고, 그러다가 가끔 바닷가 작은 모텔에 들 수도 있을 것이고, 그러다가 자주 싸울 것이고, 그러다가 시나브로 지쳐 각자 익숙한 곳으로 돌아갈 것이다. 그럴 것이다.

이번엔 물을 너무 많이 부었나 보다. 포숑 티가루가 담긴 작은 컵을 코에 대고 사과 향기를 맡는다. 선묘의 휘둥그레진 눈이 떠오른다. 그 눈은 코발트 블루 선글라스에 대해 잘 알고 있다. 그런데도 그녀는 왜 동생과의 관계를 숨기는 것일까. 설사 동생과 깊은 관계를 맺었다 해도 지금보다 더 나빠질 것은 없지 않은가. 오어사를 떠날 때까지도 그녀는 그날 밤에 대해, 동생에 대해 아무 말도 하지 않았다. 무심한 표정을 짓고 있었지만 내심 나는 그녀에게 막연히 무엇인가를 기대하고 있었다. 그러나 그녀는 칠장이 아버지와 중들의 물고기 내기 놀음만을 늘어놓았다. 나를 오어사로 이끈 것은 단지 산중의 섬처럼 물 위에 떠 있는 절의 비경을 구경시켜 주기 위해, 물고기의 임자를 가리기 위해서였단 말인가.

물이 끓는다. 주전자를 높이 들어올려 길게 따른다. 뜨겁다는 듯이 물 표면까지 뛰어오른 포숑 티 알갱이들이 밑으로 가라앉기를 기다린다.

「누, 구 기다리세요?」

기림사를 지나 감은사지 탑도 지나 31번 국도 동해안선으로 들어왔을 때다. 선묘가 눈을 감고 있기에 깜박 잠이 들었나 했는데 아닌 모양이다.

「그래 보여요?」

내 말투는 다시 선묘와 처음 말을 트던 때처럼 서먹해져 있다. 선묘는 언제나 동생 이야기를 할까.

「그렇다기보다, 그래야 할 것 같아요」

「무슨 말이 그래요?」

「처참하잖아요. 아무 일도 없이, 바다만 바라보기엔」

듣고 보니 그렇다. 바로 내가 그렇다.

「선묘 씨는 누구 기다려요?」

「아—뇨」

「나도 아니에요」

그렇게 말은 해도 규의 편지를 받은 날부터 나는 내 주위, 내 삶, 내 과거 기억을 두리번거리고 있지 않은가.

「그거 알아요? 가연 씨 뒤를 따라가다 보면, 처연해지는 거……」

「글쎄, 난 모르죠. 하지만 그거 알아요?」

「뭐요?」

「선묘 씨 뒤를 따라가다 보면, 묘연해지는 거. 말 장난 같지만 정말 그래요」

「……」

선묘는 입에 무엇을 물고 참고 있는 사람처럼 어색하게 창 밖만을 내다본다.

「절에는 다녀본 적이 별로 없어요. 그런데 내 동생은

그렇지 않았어요. 젊은 남자애가 왜 그렇게 절을 좋아했는지 몰라요. 언제나 물 위에 떠서 사니까 산이 그리웠겠죠. 그래서 배에서 내리면 꼭 산에 가는 모양이었는데, 그러다가 절엘 들르곤 했나 봐요. 여수에 있을 때, 군산에 있을 때, 부산에 있을 때, 그애는 그 근처의 산을 거의 다 가봤다고 했죠. 산을 이야기하면서 꼭 절 이야기로 끝났어요. 아무튼 나도 그애를 따라 어느 절엔가 갔는데, 겨울이었어요, 벽에 그림이 그려져 있었어요. 벽화라고 해야 하나요? 정확히 기억은 안 나지만 대충 이랬던 것 같아요. 동자가 숲에 나갔다가 소를 발견하여 소를 타고 집으로 오는데 오는 길에 시냇가에 잠시 눈을 붙였다가 깨어보니 소 발자국은 있는데 소는 없어진 이야기를 벽에 이어 그려놓은 것이었어요. 그애를 따라 천천히 그림을 보며 돌다가 처음으로 돌아왔을 때 무엇인가에 감쪽같이 속은 것 같았어요. 존재는 없고 흔적만 남은 세계. 그림의 내용을 알 것도 같았는데 완전히 이해가 되는 것은 아니었어요. 난해하다기보다 묘연한 느낌이었요」

「저도 그 벽화 몇 번 봤어요. 흔치 않은데, 바로 오어사 가는 길에 지나쳤던 기림사에 있지요, 십우도(十牛圖)라고……」

절에서 살다시피 했다니 선묘의 기억에는 많은 이야기

가 있을지도 모른다.

「십우도라면?」

「소를 잃은 목자(牧者)가 들에 나가 소 찾는 이야기를 불교에서는 그렇게 부르나 봐요. 대학 때 여러 갈래로 전해지는 소 이야기를 들은 적이 있는데, 거의 잊었어요. 그때나 지금이나 제가 이해하고 있는 것은 소는 곧 자기라는 것 정도이죠. 잃어버린 소나, 다시 찾아낸 소나, 데려와 함께하다가 잊거나 잃어버린 소나……」

「그럴듯하네요. 선묘 씨 불교에 대해 조예가 꽤 깊은가 봐요」

「아니에요. 불교계 대학을 다니면서 들락날락 주워들은 것들이지요. 가연 씨가 기억하고 있는 마지막 벽화는 여덟번째 또는 아홉번째인 것 같네요. 동자도 소도 모두 잊어버리는…… 그러고 나면 근원으로 돌아가지요」

「근원이라면?」

「자연이지요」

「근원. 음, 그게 아홉번째라면 열번째는 뭐죠?」

「시장 바닥에 들어가는 것이지요. 다시 세상에 섞이는 것입니다」

「아!」

나도 모르게 탄성이 나온다. 해돋이 마을에 이르도록 나는 십우도에 빠져 있다가 주차장으로 들어와 시동을 끄며 선묘를 향해 짓누르고 있던 마음을 풀어놓는다.
「기다릴게요」
같은 방향을 바라보면서 앞으로 앞으로 진행하다가 차도 나도 선묘도 정지한 채 앉아 있으니 잠깐의 침묵인데도 큰 정적을 불러온다. 선묘는 소리나지 않게 침을 목구멍으로 쑤욱 삼키고는 가라앉은 목소리로 겨우 입을 연다.
「뭘요?」
「말하고 싶지 않음 가만히 있어도 돼요. 저번 밤처럼 나를 찾아와도 돼요」
너무 세게 들이마시면 겨우 가라앉은 포송 티가루들이 일제히 곤두선다. 발그레하게 우러난 티 한 모금 물고 베란다로 나와 등대를 바라본다. 창문을 활짝 연다. 바람이 분다. 어둠에 잠긴 집들을 내려다본다. 선묘의 집은 어디쯤일까. 등대지기의 문은 여전히 자물통이 굳게 잠겨 있을 것이다. 녹슨 채로.

20

「널 사랑하는 것은 아니야. 오해하지 마」
「상관없어. 다른 여자를 안으면서도 수없이 널 생각했

어」

 서른이 넘도록 규가 한 여자만을 안다는 것은 비현실
적인 일일지도 모른다. 규는 내 등줄기에 가만가만 손가
락을 세워 쓸어내리다가 사이드 탁자로 손을 뻗어 말보
로 한 개비를 꺼내 문다. 규와 여기까지 오리라고는 생
각지 못했다. 규를 만난 순간부터 음지 식물처럼 오랫동
안 심장에만 가두어온 불길이 규의 손이 내 어깨에 닿는
순간 불타오른 것이다. 규가 동생 이야기를 꺼내지 않았
다면, 그래서 억지로 참아온 눈물샘을 건드리지 않았다
면, 나는 끝까지 태연함을 가장하며 규와 민숭민숭하게
헤어졌을 것이다.
 「결혼했구나」
 규는 가느다란 손가락 사이로 말보로를 끼우고는 정성
껏 라이터 불을 붙인다. 그러고는 뻐끔, 담배를 빨아들
이다 말고 내 물음에 짧게 대답한다.
 「아직」
 나는 엎드린 채로 귀밑 턱을 손바닥으로 받치고 규의
움직임을 바라본다. 규의 손이 이쁘다고 생각한다.
 「한 달 남았어」
 규는 마저 깊숙이 담배를 빨아들이고는 연기를 물고
턱을 들었다 내린다. 나는 동요하지 않는다. 오히려 흔
들리는 것은 규의 눈동자이다.

「윤희와?」

「응」

규의 목소리가 점점 목구멍 속으로 기어든다. 나는 짐짓 명랑해진다.

「잘됐네. 축하해」

「축하는, 뭐」

「이렇게 벌거벗고 누워서 네 결혼을 축하하는 것도 아무나 못할 거야」

「농담하니?」

「아니 진담이야. 흔적을 남긴 건 순전히 실수였어. 이제 와서 널 어떻게 해보려고 그런 건 아니야」

「세상에 어떤 것도 흔적 없는 것은 없어」

「아니. 흔적을 들킨 건 실수라기보다 우연이었어. 흔적을 남기지 않고 지나가는 것들도 아주 많아」

「굳이 그러길 바랐다면 왜 여기 남아 있었지? 내 편지를 받고 떠났을 수도 있었을 텐데. 예전처럼」

「그럴 수 있었지. 그러려고도 했어. 그러나 마음을 돌렸어. 할 일이 남아 있었어. 지금 아니면 할 수 없는 일이. 아니 네가 오기를 기다렸던 것 같아. 넌 내가 떠났음 했구나」

「글쎄, 여기까지 오는데 그런 마음이 없었다면 거짓이겠지」

중간쯤 타들어가던 말보로를 두어 번 빨아 물다가 재떨이에 거칠게 비벼 끄고는 엎드려 있는 내 등뒤로 기습하듯 올라탄다. 숨이 쿡 막힐 듯 갑갑하지만 그럭저럭 기분은 괜찮다.

「날 사랑하지 않는다고? 사랑 같은 건 내게 아무것도 아니야. 중요한 건 지금 이 순간이지」

규는 그간 애태웠던 것을 복수라도 하듯이 열 개의 긴 손가락에 있는 대로 힘을 주고는 내 양 젖가슴을 콱 움켜쥔다.

「남자란 족속과 다르게 여자는 남자와 섹스할 때 다른 남자 따위는 생각하지 않는다고 하던데?」

「사람에 따라 그럴 수도 있겠지」

「너는?」

규가 내 귀를 물듯이 묻는다.

「나? 글쎄. 난 단순해. 이런 노래가 있잖아. 섹스 후에 피우는 담배, 한 모금의 연기. 섹스란, 섹스의 여운이란, 담배와 담배 연기 같은 거라고 생각했어. 빨아들일 때는 눈앞이 캄캄해지도록 아찔하고 먹먹한데, 일단 연기가 새어나가기 시작하면 몸에 빨아들였다는 느낌도 금세 사라져버리지. 거짓말처럼 감쪽같이」

거세게 밀고 들어올 것 같던 그의 남성이 생각만큼 회복되지 않는 듯하자 규는 지친 듯 내 등에서 쿵, 떨어져 내린다. 쿵. 둔중한 징소리의 한 박자 울림 같은 쿵, 시칠리아노의 처음 시작음.

「요즘도 피아노 치니? 너의 시칠리아노는 끝내줬는데」

「그럴 때가 있었지」

「그때 잠깐 너와 이런 날이 올 거라고 생각했었어. 아주 잠깐. 너와 관계하고 싶다는」

「그런데 왜 피했지?」

「윤희 때문은 아니야」

「윤희를 끌어대지 마. 그때 그애와 난 그저 친구 관계였을 뿐야. 경식이나 선우처럼」

「굳이 어떻게 말하자면, 날 지키고 싶었던 거야」

「나 때문에 어떻게 되기라도 한다는 거야?」

「설명하기가 쉽지 않아. 다만 본래의 나로 돌아오는데 비참해지기 싫었어」

「돌아가는 것만이 다는 아니잖아? 웬 피해 의식이야? 너답지 않게」

「비참하지만 않다면 머물러 있는 것도 견딜 만하겠지. 나다운 거? 그게 뭔데?」

「넌 남자를 미치게 만드는 야성적인 묘력 같은 게 있어. 너한테는 폭발 직전의 엄청난 에너지 같은 것이 느껴져. 남자라면 누구든지 한 번쯤 그 에너지에 감전되고 싶을 거야」

「남자를 미치게 만든다고? 우습구나. 난 오히려 그 점
을 죽이려고 할 뿐이야. 내가 비참함을 느끼는 건 그 때
문일지도 몰라. 사내들은 조금만 방심하면 엉덩이가 꿀
단지라도 되는 듯이 헐레벌떡 달라붙지」

「너야말로 날 오해하지 마. 난 처음 만났을 그때나 지
금이나 변함없이 널……, 관두자. 널 보고 있으니 흑백
영화를 들여다보고 있는 것 같다. 비참? 죄의식? 20세기
는 끝났어. 조만간 인터넷으로 끝장나 버릴 거라구」

「누가 전자공학도 아니랄까 봐. 그래도 아직은 20세기
가 끝나지 않았어」

「비꼬지 마. 설마 지금 나 때문에 비참한 건 아니겠
지?」

「조금. 너 때문은 아니야. 윤희에게도 아무렇지도 않
아」

「널 사랑하지 않기 때문에 네 여자에게 아무래도 괜찮
다 이 말이군, 흥」

「그런 점도 없지는 않아. 조금 비참한 만큼 조금 죄책
감도 생기겠지. 그 때문에 윤희에게 아무렇지 않다고 말
하면서도 윤희를 마주볼 수는 없을 테지. 그렇게 된 거
야. 너와 나 그리고 윤희. 십년 동안 지리하게 주고받은
게임의 끝에 다다른 거지. 여자와 남자가 육체 관계를
맺는다는 것만큼 끝을 확실하게 맺어주는 게 있을까. 그

게 게임의 법칙이란 걸 이제 알겠어」

「무슨 말이야?」

「주변에 맴돌면서 윤희나 너를 괴롭힐 생각 없어. 그로 인해 내가 고통받는 걸 원치 않아. 차라리 이전에 너와 이런 식으로 관계를 맺었어야 했어. 그것이 윤희에게 더 떳떳한 행동이었는지도 몰라. 내가 아무렇지도 않다는 것은 그 뜻이야」

「이런 식으로 나에게서 떠나겠다는 거야? 그러면 된다는 거야? 그 법칙 참 간단도 하다」

규는 부르르 입술을 떨며 두 손으로 내 볼을 부여잡는다.

「지금도 늦지는 않았어. 모든 것은 너에게 달렸어. 우린 처음으로 돌아갈 수 있어. 윤희한테는 미안하지만……」

말은 그렇게 해도 규가 조금도 그러지 못한다는 것을 자신이 더 잘 안다. 어쩌면 속고 있는 것은 규나 나인지도 모른다. 윤희는 처음부터 우리의 관계를 알고 있는 것이다. 질리도록 한결같은 그애에게 나는 벌써 손을 들었다.

「아까도 말했지만 널 어떻게 해보려고 남아 있던 건 아니야. 난 끝장을 보고 싶어. 세상의 모든 관계들과」

「꼭 죽으러 가는 사람 같구나」

「그럴 수만 있다면!」

악에 받쳐 규의 손을 뿌리치고 일어서려고 하자 규가 와락 달겨들어 무릎을 꿇은 채로 두 팔로 허리를 감아 쥔다.

「아, 넌 날 미치게 해!」

달겨드는 힘에 떠밀려 나도 그도 침대 위에 벌렁 나자빠진다. 천장을 올려다보고 있으니 그제서야 깨닫는다. 나는 지금 상중(喪中)이라는 것을.

「날 그냥 내버려둬」

내 목소리만큼이나 올려다보이는 천장도 내려앉을 듯이 무거워 보인다. 다시 일어설 것 같지 않던 규의 남성이 사정없이 내 속으로 파고든다. 그의 치댐이 격렬해질수록 나의 여성은 검도록 짙푸른 물 속으로 가라앉는다. 그의 물고기가 내 안으로 들어와 힘차게 헤엄치고 있는 동안 꿈결인 양 밖에서 도어벨이 울리고 있다.

21

「통일신라 시대에 이르면 불교의 영향으로 화장(火葬)이 크게 유행하게 됩니다. 화장을 한 뒤 뼈를 추려서 용기에 담아 땅에 묻는 화장묘가 나타나는데 이때 뼈를 담는 용기를 뼈항아리라 합니다」

　백발의 노 사학자가 슬라이드 화면을 바꿔가며 뼈항아리에 대해 열강하는 동안 나는 동생 생각에 사로잡혀 아무 소리도 듣지 못한다. 그애는 뼈도 못 추리고 인도양의 물고기들 밥이 되었다. 내려온 지 보름이 넘도록 나는 그애의 유품에 손도 대지 않고 있다. 오래 떨어져 살아서 그런지 여느 때처럼 그애는 긴 항해에 있는 것만 같다. 그애의 시신을 보기라도 했다면 사정은 달라졌을지도 모른다. 그애가 듣던 「운명의 힘」을 듣고, 그애가 타던 감색 세피아 승용차를 타고, 그애가 끼던 코발트 블루 선글라스를 낀다. 아무렇지도 않은 듯이. 아무 일도 없는 듯이. 엄마를 묻고 와서 한동안 나는 엄마의 물건에는 손도 못 댔었다. 엄마는 갔어도 엄마의 물건들은 살아 숨쉬는 것 같았다. 그것들을 엄마와 함께 묻어주었더라면 하는 생각도 했었다. 보이는 것마다, 잡히는 때마다 없애는 것은 두 번 세 번 엄마를 묻어버리는 것과 같았다. 엄마는 고스란히 땅에 묻혔지만 엄마의 손때가 묻은 물건들은 불타 없어지도록 내 가슴에 묻혔다.

　「초기에 사용되었던 뼈항아리는 일상 생활에 쓰던 토기를 그대로 사용하거나 여기에 약간의 장식을 가미한 토기였습니다. 중기에는 뼈항아리의 덩치가 커지면서 뚜껑과 몸체를 아래위로 붙들어매는 고리가 생기고 아주 화려한 무늬가 새겨진 것이 많습니다」

그애가 남긴 연금이며 보상금은 그대로 있다. 거기에 내 몫은 한푼도 없다. 통장을 받아드는 순간 나는 알았다. 내가 받은 것은 돈이 아니라 죽을 때까지 짊어지고 가야 할 빚이라는 것을. 차라리 아무것도 남기지 않았으면 그애에게 빚진 마음은 덜할 것이다. 날은 가는데 그애의 유품에는 손 하나 대지 않고 궁리만 할 뿐이다. 그애를 위해 무엇을 할 수 있을까.

「그러나 후기에 와서는 뼈항아리의 뚜껑과 몸체를 붙들어매는 고리가 빈약해지고 화려한 무늬도 점차 사라져버린, 즉 무늬 없는 뼈항아리가 주류를 이루게 됩니다」

강의를 듣는 둥 마는 둥 끝나기가 무섭게 재빨리 시동을 걸고 오어사로 내달린다. 거기에서 그애에게 할 수 있는 일이 있을 것도 같다.

22

「선묘 찾으시능교?」

오어사에서 돌아오는 길에 해돋이 유치원에 들러 당직에게 선묘의 집을 물어 찾아가니 까무잡잡한 피부에 두 눈이 움펑 꺼진 노인이 문을 연다. 선묘가 말하던 칠장이 아버지인가 보다. 정중히 인사를 하고 노인의 안색을 살핀다. 병중인지 한눈에 거동이 쉽지 않아 보인다. 대문가에 꽃분홍색 해당화가 곱게 무리 지어 피어 있다.
「예. 여기가 해돋이 유치원 지 선생님 집이 맞지요?」
「그런데요. 지금 없십니더」
「유치원에 가 물으니 퇴근했다고 하던데요?」
「어데요. 또 그눔한테 갔을 거이 뻔하제요. 천하에 몹쓸 눔. 지 새끼 밴 줄도 모르고이. 힝」
입속에 넣고 무어라 웅얼웅얼해서 잘 알아듣지는 못했는데 새끼라는 말만은 가시처럼 귓속에 박힌다. 나는 귀먹은 노인에게 말하듯 부러 큰소리로 묻는다.
「그게 어디지요?」
「저 아래 쬐만한 절 하나 있지러」
등대를 오가며 절을 본 것 같지 않다. 내가 고개를 갸우뚱하자 노인이 얼른 팔을 뻗으며 덧붙인다.
「그 왜 등대 가다 보믄 왼편 언덕에 절 같지도 않은 보살집이 있십니더」
「네. 그리로 가보겠습니다. 안녕히 계셔요」
해당화를 지나 대문을 나서려는데 노인이 불러 세운다.
「그런데 누귀요?」
「저 위 해돋이 아파트에서 왔습니다. 그렇게 말하면 압니다」

해돋이 아파트라 하자 노인이 정색을 하며 뛰어나올 기세다.

「뭐라꼬예. 그럼 정연이 그 사람 집에서 왔단 말인 교?」

동생 이름이 노인의 입에서 튀어나오자 나도 고개만 돌리던 것을 몸까지 완전히 돌이켜 세운다.

23

「오어사에 다녀오는 길이에요」

선묘와 방파제를 걸어가는 사이 등대 주변으로 엷은 어둠이 깔리고 있다. 절 어름에 다다라 기웃거리는데 마침 절 밖으로 나오던 선묘와 마주쳤고, 둘이 약속이라도 한 듯 등대로 향하던 길이다.

「그래요? 근데 거긴 왜……」

선묘는 의외라는 눈치다. 태풍이 몰려오려는지 바람이 전신을 훑고 간다. 금방이라도 쓰러질 듯 기가 빠진 선 묘를 보니 농담이라도 걸어야 할 듯싶다.

「물고기를 만나러요」

부러 지어낸 농담도 아랑곳 않고 선묘는 자못 심각 하다.

「그날 뭐 잊으신 거라도 있었나요?」

「그런 게 있을 것 같아서요」

짐짓 무거운 분위기여서 담배라도 한 대 피워야 할 것 같다.

「무슨 말씀인지……」

바람을 피해 등대 안쪽으로 기대 서서 담배를 꺼내 문다. 한 손으로 막고 한 손으로는 라이터 불을 댕기며 거푸 불 붙이기를 실패하자 선묘가 다가와 손 병풍을 만들어 바람을 막아준다. 라이터 불이 켜지기가 무섭게 불길을 쑥 빨아들이며 다가선 선묘의 얼굴을 바라본다. 라이터 불로 환해진 선묘와 눈이 마주친다. 불 붙이기에 성공한 나는 선묘에게 눈을 떼지 않고 훅 연기를 내뱉는다. 선묘의 것인지 내 것인지 마주친 눈동자에서 불이 이는 듯 번득한다.

「거기에서 무엇을 비나요?」

선묘는 내 눈을 피하려는 듯 바다 저쪽 수평선으로 눈을 돌린다.

「비는 것 없어요」

「그럼 왜 가요? 그것도 매일」

나는 선묘의 말이 끝나기가 무섭게 되묻는다. 혹시 동생을 위해서라고 말할지도 모른다는 기대를 순간 품어본다.

「가만히 있을 수 없어서요」

쿵, 소리가 날 정도로 세게 선묘의 등이 등대에 맞부
딪친다.

「아버님을 뵈었어요. 많이 야위셨던데」

「얼마 남지 않았어요」

「지병이……」

「암이에요. 폐암 말기」

암이라는 단어가 귀에 닿자마자 나는 순간 발걸음을
멈춘다. 그애가 한 살 때 아버지도 식도암으로 돌아가셨
다. 나보다 그애는 암에 민감했다. 사춘기 무렵 암 발병
원인에 유전적인 요인이 크다는 것을 들은 이후 한동안
그애는 암에 관한 강박증까지 생겼었다.

「미안해요」

「아니에요. 가연 씨가 왜. 아버지의 평생 직업병인걸
요」

답답하고 스산한 두 마음 위로 바람결에 빗방울이 스
친다. 선묘는 꺼뭇꺼뭇 넘실대는 물결을 바라볼 뿐 움직
일 생각을 하지 않는다. 나는 태우던 담배를 발바닥으로
비벼 끈다. 등대지기의 녹슨 자물통은 여전히 꽉 채워져
있다. 자물통 대신 등대 몸통을 주먹으로 쿵쿵 쳐본다.

「선묘 씨, 이번 토요일에 나에게 시간 좀 내줄래요?」

「어디를……?」

「지난번에 난 선묘 씨가 하자는 그대로 따랐어요. 아무것도 묻지 않고요. 이번엔 선묘 씨 차례예요」
선묘는 선뜻 대답을 하지 않는다.
「되죠?」
내가 재차 확인을 하자 그제서야 내키지 않는 듯 고개를 끄덕인다.
「그래야만 한다면요」
「그래야 해요. 여덟시쯤 나에게 와주세요. 좀 이르죠?」
「그러지요」
방파제 중간쯤 와서 선묘를 옆에 세워두고 문득 등대를 돌아보고 싶다. 비바람 치는 바닷가에 홀로 두고 온 사람처럼.
「난 기다리는 데에는 자신 있어요」
방파제를 벗어나 마을로 들어선다. 선묘가 사는 집 골목으로 접어들 때 그녀가 잠시 걸음을 멈춘다.
「죄송해요」
「왜 내가 그 말을 들어야 하죠?」
「어젯밤……」
규와 두번째 섹스를 하고 있는 동안 밖에서 벨이 울리고 있던 것이 생각난다. 섹스 후 곧바로 규도 나도 곯아떨어졌고 아침에 잠시 그 소리가 꿈이었던가 했었다. 선묘는 뭔가 말을 하려고 찾아왔을지도 모른다는 생각이 든다.

「그랬군요. 어제는 사정이 있었어요」

대문 앞에서 선묘와 마주선다. 나도 모르게 선묘의 배로 시선이 간다. 혹 입을 열지도 모른다.

「그럼」

선묘는 내 생각과는 달리 가볍게 목례를 하고 대문 안으로 들어서려 한다. 나도 모르게 선묘의 팔을 거칠게 붙잡는다.

「잠깐만! 아니에요. 어서 들어가요. 아버지가 기다리실 텐데. 몸 조심하고요. 그럼 토요일에」

아차 하고 팔을 놓으려는데 선묘가 몸을 돌려 잠시 발 앞을 바라보고 서 있다가 오던 길로 담을 끼고 걷기 시작한다. 나도 선묘의 뒤를 따라간다. 선묘는 골목을 빠져나와 해돋이 유치원을 지나 해돋이 아파트 쪽으로 걷는다. 길을 건너고 감색 세피아 승용차가 서 있는 아파트 주차장을 지나 아파트 입구 맞은편 놀이터 모래밭으로 들어간다. 놀이터 뒤로는 밭으로 이어진 야산이다.

「제 얼굴 어때요?」

선묘는 손가락만한 나뭇가지로 모래밭에 그림인지 글씨인지를 그리다가 그녀 옆 그네에 앉아 흔들리고 있는 나를 돌아다보며 묻는다.

「얼굴이 어떤데요?」

「이상하지 않나요?」

「그런 거 잘 모르겠어요」

대답을 해놓고 산으로 눈을 돌린다. 야산의 어둠이 무너져 내릴 것 같다. 섬뜩 무서운 생각도 든다. 얼핏 선묘가 헤집고 있는 모래바닥을 내려다본다. 선묘는 더 이상 아무 말 없이 계속 원을 그리고만 있다. 그 위로 빗방울이 한두 방울 떨어지고 있다.

24

아파트로 들어서자 빗방울이 거세지더니 바다 물결 위로 천둥 번개가 요란하다. 그애가 마시다 반쯤 남겨놓은 스카치를 병째 갖다놓고 마시며 번쩍이는 바다를 바라본다. 잠이 올 것 같지 않다. 통신에 들어가지 않은 지 사흘째다. 그러니 오늘의 운세를 볼 일도 없다. 바람의 나라도 해결했고, 규는 다시 오지 않을 것이다. 선묘와 토요일에 오어사에 가는 일을 마치면 나에겐 더 이상 해결해야 할 일이나, 기다림은 없을 것이다. 그러고 나면 나는 어디로 갈 것인가.

「가신 분 영정하고, 깨끗한 수건 두 장, 양재기, 포와

술, 그리고 옷 한 벌 가져오십시오. 원래 사십구재는 삼우제 때부터 상을 올리고 칠 일마다 사십구 일까지 불공을 드려야 하는데, 이렇게라도 하시겠다니 해드릴 수밖에요. 가신 분하고는 어떻게 되십니까」

「누이입니다」

「배우자는 없습니까」

「네」

「나무아미타불 관세음보살」

스카치 반 병을 거뜬히 비우고 냉장고에 굴러다니던 맥주 캔을 가져와 단숨에 들이켠다. 말초신경에까지 전신에 퍼지는 술 기운을 가물가물 느끼며 비 맞고 있는 등대를 바라보고 있자니 꼭 규가 서 있는 듯하다.

〈넌 날 미치게 해〉

순식간에 아파트를 뛰쳐나와 등대를 향해 빗속을 내달린다. 방파제를 올라서다 문득 지나온 집 문가에서 그애 그림자를 본 것 같다. 이러지도 저러지도 못하고 파도치는 비바람 속에 버티고 서 있다가 추적추적 발을 끌며 선묘의 집으로 향한다.

〈교통 사고로 얼굴을 잃고 일년쯤 병상에 누워 지내며 세 번 수술을 받고 나서야 제 얼굴을 알아봤어요. 처음 거울을 들여다보고 내가 누구인지 혼란이 왔죠. 기억의 혼란이라고 해야 할까요. 자살을 기도하다가 실패하기도 했죠. 아버지는 나를 절에다 데려다 놓았어요. 아버지가 할 수 있는 일은 거기까지가 마지막 최선책이었어요. 절에 들어와서 어느 정도 평심을 찾았어요. 나를 찾기 위해 천 배, 이천 배, 삼천 배까지 절을 올렸지요. 그래도 완전히 혼란이 잡히지는 않았어요. 어둠이 가시지 않은 새벽에 깨어나 절 마당에 내가 누구인지를 쓰기 시작했죠. 스님의 새벽 예불이 끝나고 동이 터올 무렵에 마당을 내려다보면 땅이란 땅은 온통 내가 쓴 이야기로 가득했어요. 스님이 나오기 전에 빗자루로 깨끗이 쓸어버렸죠. 스님은 알고 있었을까요. 그러나 난 스님이 모른다고 생각했어요. 아무도 나의 이야기를 보지 않았다고 생각했지요. 그런데, 한 사람, 마당 중간까지 비질을 하며 내려오고 있는데 한 남자가 마당 입구에서 저를 보고 있었어요. 아니 마당에 씌어진 것을 보고 있었겠지요. 아주 이른 아침이었어요. 그는 오도가도 못하고 서 있다가 나와 눈이 마주치자 밟고 지나가도 되느냐고 물었지요. 나는 고개를 끄덕이고는 비질을 잊은 채 자석의 끌림처럼 그의 움직임만을 바라보았습니다. 그는 내가 쓴 이야기를 밟은 유일한 사람이었죠. 나중에 들으니 그 사람은 배를 타고 원항을 하고 돌아와 보니 어머니가 돌아가셨고, 어머니의 마지막을 지키지 못한 죄스러움으로 절을 찾았다고 하더군요〉

　잠이 들었는가. 선묘도 쏟아지는 이 빗소리를 듣고 있는가. 집을 송두리째 비에 내준 채 파란 대문 안은 어둠뿐 적요하다. 대문을 사이에 두고 나는 건너지 못할 강을 앞에 두고 있는 것처럼 우뚝 서서 선묘의 방을 바라보고 있다. 빗물에 몸은 차갑게 굳어가는데 선묘가 던진 물음만이 꼬리잡기놀이를 하듯 입가에 빙빙 돈다. 누구의 물고기 같아요? 나는 춤을 추듯 비바람 속을 빙빙 돈다. 선묘의 집을 돌고, 마을을 돌고, 등대를 돌고, 돌고 돈다. 누구 물고기냐고?

《세계의 문학》 1999년 가을호

작가의 말

  이상하다. 이 년 전 이맘때 세번째 소설집 『동행』을 냈는데, 그러고도 장편 한 권을 더 냈는데, 마치 첫 소설집을 갖게 되던 팔 년 전처럼 낯설고 부담스럽다. 돌아보면 첫 소설집만큼 순정적이지는 않을 터인데, 그런데도 나는 이번 소설집에 몹시 낯을 붉히고 있다.

  어느 장면, 아주 짧은 대화에 이끌려 소설을 쓰는 경우가 많다. 내가 그려놓고도 그 장면으로 끌려들어가 속절없이 기다리곤 한다. 무엇을? 내가 불러내고, 짓고, 말을 붙인 사람들의 훼손된 마음들이 정화되기를, 해소되기를. 그럼으로써 나 역시 구원되기를. 그때보다 더 누군가와 함께 호흡한다는 것, 글로써 함께 살아간다는 것이 절실해지는 때가 없다. 그 속에서 나 자신이 고양되는 것을, 내 안의 샤먼과 만나고 있는 것을 느낀다.

  사람들은 저마다 자기 안에 샤먼을 하나씩 가지고 있다. 드러내는 방식이 다를 뿐, 샤먼은 깊은 내면에서 살아 움직이고 있다. 샤먼이 왜곡되고 상처를 받았을 때, 우리는 불행을 느낀다. 나는 지난 몇 년간 참으로 많은 곳을 떠돌아다녔다. 그 시기, 지금도 한 쪽 발목이 빠져 있는 듯한데, 나는 얼마나 불행했던가? 아니라고 도, 그렇다고도 말할 수 없다. 다만 이방의 하늘 아래서 짐을 풀고 또 싸면서 다시는 떠나지 않기를, 한 군데 오래 머물러 있기를 간절히 기도하곤 했다. 그 신산스런 삶의 균열들이 이 책 속에 고스란히 배어 있다. 글도 마음도 맑어지려고 노력했고, 이제는 정착하고 싶기도 하다. 그렇게 마음먹어도 삶은 또 나를 어디로 끌고 갈지 모른다. 아니 나는 또 어디로 삶을 끌고 갈지 모른다. 삶 자체가 고해의 바다를 항해하는 것이라면, 항해중에 잘 구워진 오래된 항아리 같은 단단한 소설을 심해에서 건져 올릴 수 있다면, 발길은 영원히 멈춰지지 않아도 괜찮겠다.

처음 소설가가 된 십 년 전이나 지금이나 나는 기본적으로 인간과 인간 사이의 소통은 불가능하다고 생각한다. 사랑, 이해 또한 그렇다. 그렇기 때문에 나는 글을 쓴다고 생각해 왔고 말해 왔다. 그러면 단절, 소외, 불화만이 다인가? 분명한 것은 대부분 우리는 늘 단절되어 있고 소외되어 있고 불화하고 있다고 느끼는 것이다. 소통, 사랑, 이해 그것은 어차피 같은 종자들일 테지만, 그것이 가능하다면 노력의 차원에서다. 그러나 그 모든 것은 얼마나 빨리 변덕을 부리고, 의심하고, 배신하는지. 돌아보아 드물게 여전한 평심(平心), 무심(無心)이 얼마나 대단한 미덕인지. 접어두었던 『법구경(法句經)』을 다시 펼쳐본다.

이 책이 나오기까지 고마운 마음을 전하고 싶은 얼굴들이 많다. 행복한 일이다. 늘 아버지처럼 부침이 많은 내 삶을 염려해 주시는 K선생님, 튀빙엔에 있는 오랜 친구 J, 파리의 M선생님, 오랜만에 만나서는 불쑥불쑥 꺼내 보이는 이미지 상대가 되어주고, 보잘것없는 글편들을 아름답게 엮어주기까지 한 민음사의 박상순 선배님, 그리고 꼼꼼히 교정을 챙겨준 편집부의 정신아 씨께 감사를 드린다. 마지막으로 방랑하는 어미를 곁에서 지켜준 나의 영원한 친구, 아들 태형에게 특히 고마움을 전한다.

* 본 소설집에 수록된 작품 일부는 문화관광부 특별지원자금의 수혜를 받았음을 밝힌다.

함정임

1964년 전북 김제에서 출생했으며
1988년 이화여자대학교 불어불문학과를 졸업하였다.
1990년 《동아일보》 신춘문예에 단편 「광장으로 가는 길」이 당선되어
문단 활동을 시작하였다.
소설집으로는 『이야기, 떨어지는 가면』, 『밤은 말한다』, 『동행』이 있고
장편소설로는 『행복』이 있다.

당신의 물고기

1판 1쇄 찍음 2000년 5월 10일
1판 1쇄 펴냄 2000년 5월 15일

지은이 · 함정임
펴낸이 · 박맹호
펴낸곳 · (주) 민음사

출판등록 1966. 5. 19. 제 16-490호
서울 강남구 신사동 506번지 강남출판문화센터 5층 (우)135-120
대표전화 515-2000 팩시밀리 515-2007
www.minumsa.com

값7,500원

ISBN 89-374-0344-7 03810